KB132773

http://www.bbulmedia.com

집행자

집행자

묘재 현대 판타지 소설

③

뿔미디어

목차

1장
맹수의 습격

청와대 안에는 외부에 알려지지 않은 비밀스러운 공간들이 존재하고 있다.

국가보안을 이유로 언론에도 공개되지 않은 장소가 여럿 있었고, 넓은 규모의 청와대 안에서 그런 장소에 드나드는 사람들의 프라이버시는 완벽하게 보호된다고 해도 과언이 아니었다.

콰앙-!

그러한 청와대의 비밀스러운 장소 안쪽에서 소란이 일어났다.

들리는 소리로 미루어 짐작하건대, 나무 책상이 산산조각 난 것 같았다.

"이걸 지금 보고서라고 올리나?"

아니나 다를까, 맨손으로 나무 책상을 반토막 내어버린 중년인이 눈을 부릅뜨고 있었다.

그의 앞에 일렬로 늘어선 사람들은 고개를 푹 숙인 채 말이 없었다.

믿기지 않게도 맨손으로 책상을 쪼갠 중년인은 그들을 노려보며 언성을 높였다.

"철탑의 강욱진, 천리마 박기혁, 썬더 브레이커 이기우! 우리 한국지부의 중추인 이 세 명이 갑자기 사라졌는데 흔적도 찾지 못했다고? 언제부터 원로회가 이렇게 우스운 조직이 되었느냐 말이다!"

중년인의 분노는 상상을 초월했다.

그가 목소리를 높이자 주위의 공기가 일렁거렸고, 보고를 위해 일렬로 선 남자들은 괴로운 듯 휘청거렸다.

목소리만으로 신체에 위협을 가하는 건 중년인이 어마어마한 힘을 지닌 능력자라는 뜻이다.

그가 언급한 철탑의 강욱진, 천리마 박기혁, 썬더 브레이커 이기우 역시 원로회 한국지부가 자랑하는 최상급의 능력자들이었다.

문제는 그들이 거짓말처럼 사라졌다는 사실이다.

그럼에도 불구하고 원로회 한국지부에서는 흔적을 찾지 못하고 있다.

이번 사건의 책임을 맡은 중년인이 화를 낼 수밖에 없는 일이었다.

이미 원로회 한국지부의 윗선에서는 비상사태를 선포했다.

이제껏 단 한 번도 일어난 적 없었던 사건이 연달아 터졌기 때문이다.

난공불락의 요새인 아티팩트 보관소가 무너진 것만 해도 감당하기 힘든 일인데, 핵심 능력자 세 명이 증발했다.

원로회 한국지부 전체가 나서서 빠른 시간 안에 사건을 해결하지 않으면 세계 원로회가 개입할 것이다.

그렇게 되면 한국지부는 더욱 난처해지게 된다.

우선 지금처럼 청와대 안에 집무실이 있는 것부터 세계 원로회의 룰을 위반한 것이기 때문이다.

능력자의 세계와 일반인의 세계는 철저히 구분되어야 한다는 게 세계 원로회의 뜻이다.

그러나 한국지부는 청와대와 결탁해 편의를 봐주는 대가로 엄청난 이득을 취해 왔다.

청와대 내부에 별도의 집무실과 공간을 제공 받은 건 그런 비리를 증명하는 단적인 증거였다.

문제가 더 커지는 걸 막기 위해서는 하루라도 빨리 진범을 잡아야 한다.

아티팩트 보관소를 무너트린 자와 세 명의 능력자를 사라지게 만든 범인은 동일할 것이다.

대한민국 내부에 그만한 일을 벌일 세력이 여럿 존재할 리 없었다.

"시간을 조금만 더 주시면……."

그때 보고를 올린 사람 중 하나가 우물쭈물 입을 열었다.

이들 역시 혼쭐이 나고 있지만 한국지부 안에서 손에 꼽히는 실력자들이다.

하지만 사건의 책임자로 임명된 중년인의 눈에는 한심스러워 보일 뿐이었다.

"시간? 아티팩트 보관소가 털리고도 시간 타령을 하다 이 지경이 된 걸 모르나! 자칫하면 세계 원로회가 사찰단을 보내게 된다. 그렇게 되면 모든 것이 헝클어진단 말이다, 이 머저리들아!"

결국 중년인이 막말을 쏟아냈다.

기강이 엄해도 상호 존중이 확실한 능력자 사회에서 이만큼 화를 내는 건 드문 일이다.

그는 핏발 선 눈으로 호통을 이어나갔다.

"위에서 허락이 떨어졌다. 지금 이 순간부터 한국지부의 총력을 동원할 것이다. 내가 직접 일선에 나선다. 알겠나?"

중년인의 말이 지닌 무게감은 만만치 않았다.

여간해선 능력자 세계에서도 존재감을 드러내지 않던 도광(刀狂) 옥천호.

아시아 능력자를 통틀어도 가장 칼을 잘 쓴다고 알려진 거물, 옥천호가 한국지부의 힘을 등에 업고 전면에 나서는 순간이었다.

*　　　*　　　*

　오성그룹의 후계자 이정철의 마음을 읽고 그 정신세계를 붕괴시켰던 평창동 저택의 지하실.

　지금 그곳에는 이정철보다 더한 거물 세 명이 나란히 묶여 있었다.

　대한민국에서 대통령과 오성그룹의 회장 정도를 제외하면 이정철보다 더한 거물이 있기는 할까.

　모두 이런 의심을 품을 것이다.

　일반인의 세계에서는 이정철보다 중요한 거물이 몇 없는 게 사실이다.

　하지만 능력자의 세계로 범위를 확대하면 이정철은 이름을 내세우기 어렵다.

　세계 시장을 움직이는 오성그룹의 회장 정도면 모를까, 후계자의 직위로는 능력자들의 콧대를 누르지 못한다.

　반면 지금 지하실에 감금된 세 명은 능력자 세계에서 모르는 이가 없는 거물들이다.

　원로회 한국지부의 핵심전력이자 아시아 전체, 아니 세계에서도 강함으로 이름 높은 이들이 셋이나 모였다.

　그것도 보기 좋게 모인 것이 아니라 힘을 잃고 결박당한 것이다.

이러한 사실이 알려지면 능력자 세계 전체가 경악할 게 분명했다.

끼이익―.

어두운 지하실 문이 열렸다.

그림자처럼 미끄러지듯 들어온 정단오가 지하실의 불을 켰다.

딸깍!

불이 켜진 후 드러난 광경은 실로 처참했다.

건장한 체격을 지닌 철탑의 강욱진은 온몸에 상처를 입은 채 축 늘어져 있었다.

대한민국에서 가장 빠른 경공술을 익혀 누구도 쫓을 수 없다는 천리마 박기혁은 두 다리가 부러져 기괴한 모양으로 뒤틀렸다.

다리를 회복하고 예전의 경공술을 되찾으려면 꽤나 오랜 시일이 걸릴 것 같았다.

마지막 남자는 썬더 브레이커 이기우였다.

그는 능력자 중에서도 드물게 뇌전의 힘을 다스리는 부류였다.

그러나 선비촌의 오행진도 단숨에 깨트린 존재가 정단오다.

정단오 앞에서 그의 뇌전은 위력을 발휘하지 못했고, 결국 지금처럼 힘의 근원인 단전을 파괴당하고 말았다.

두 번 다시는 능력자로서의 삶을 이어갈 수 없게 된 것이다.

그가 이들 셋에게 독하게 손을 쓴 이유는 분명했다.

이들은 원로회 한국지부의 중추로서 오성 그룹과 결탁해 수많은 비리를 저질렀다.

세계 원로회의 룰을 어긴 것이고, 또한 이들의 손끝을 거쳐 독립군 후손들이 죽어나갔다고 해도 과언이 아니었다.

처억.

지하실 중앙에 멈춰선 정단오는 감정이 느껴지지 않는 눈길로 셋을 바라봤다.

한 명만 움직여도 한국의 능력자 사회가 들썩이는 인물들이다.

그런 이들을 완전히 무력화시켜 같은 공간에 가둬 놓은 그의 무서움이 새삼 피부로 와 닿았다.

정단오는 바싹 마른 입술을 달싹여 낮은 목소리를 뱉어냈다.

"철탑의 강욱진. 오성 그룹 기획실장 이정철과 원로회 한국지부 사이의 교류를 책임졌고, 오성으로부터 거액을 받는 대가로 능력자를 동원해 기획실이 지시한 일들을 처리해줬다. 이의 있나?"

"……."

의식을 찾은 강욱진은 대답을 하지 못했다.

정단오가 말하는 게 하나도 틀림이 없었기 때문이다.

긍정과 다름없는 무반응을 얻은 정단오는 시선을 박기혁에게 돌렸다.

"천리마 박기혁. 절세의 경공술과 추적술로 독립군 후손들을 찾아냈고, 원로회 한국지부와 오성 그룹의 앞잡이가 되어 정보를 팔아 막대한 부를 누렸다. 이의 있나?"

"나, 난 그저 알아달라는 것만 알아줬을 뿐! 어떤 위해도 가한 적이 없어!"

고개를 든 박기혁이 발악하듯 소리를 질렀다.

다리가 부러진 그는 최고의 무기인 경공술을 상실했다.

더 이상 잃을 게 없어 보였지만 그래도 목숨은 소중한지, 억울함을 토로하는 얼굴이 절박해 보였다.

정단오는 무심한 시선으로 그를 내려다보았다.

"직접 손을 쓰지 않았다고 해서 살인이 아닌가? 순진한 소리를 하는군."

"도, 돈을 받고 시키는 대로 정보만 줬을 뿐인데 그게 어떻게 살인이란 말이야!"

박기혁은 무게감 있는 능력자로서의 체면도 버리고 살기 위해 악다구니를 썼다.

하지만 그런 얕은 수작으로 정단오의 마음을 움직일 순 없었다.

"변명은 지옥에서 해라."

"이익……."

묵직한 정단오의 선고에 박기혁은 더 이상 말을 잇지 못했다.

입을 놀려봐야 무의미하다는 걸 뒤늦게 깨달은 것이다.

이제 남은 사람은 썬더 브레이커 이기우 한 명뿐이다.

저벅저벅–.

정단오는 걸음을 옮겨 이기우의 코앞까지 다가갔다.

제자리에서 말을 했던 것과는 다른 행동이었다.

스윽.

팔을 뻗은 그가 하얗고 긴 손가락으로 이기우의 턱을 들어올렸다.

단전이 파괴되어 만신창이가 된 이기우가 겨우 실눈을 떴다.

"그냥 죽여라……."

이기우는 박기혁과 달리 죽음을 받아들인 것 같았다.

그러나 정단오는 편안한 죽음을 선물해줄 생각이 조금도 없었다.

"썬더 브레이커, 이기우. 내가 찾은 독립군 후손의 시신 중 전기에 불 탄 것이 있더군. 감전사로 처리 되었지만… 네가 직접 손을 쓴 것이겠지?"

"그냥 죽이라고 했다!"

"뇌전의 힘으로 무고한 사람을 태워 죽여 놓고서는 편한 죽음을 바라는가?"

"그럼 대체 무엇을 원하는 거냐?"

"너희가 가진 모든 것을 빼앗겠다. 그리하여 죽음보다

괴로운 삶을 선사하겠다."

"크윽!"

정단오의 말이 단순한 허풍이 아니란 건 모두 아는 사실이었다.

이들 셋은 전설 속에 회자되던 이터널 마스터가 귀환했다는 걸 몸으로 느꼈다.

자신들이 자랑하던 능력이 정단오 앞에서 종잇장처럼 찢겨나갔기 때문이다.

그렇기에 정단오의 입에서 흘러나오는 무지막지한 경고를 흘려들을 수 없었다.

사실 단전을 잃은 이기우와 다리를 잃은 박기혁은 이미 모든 것을 뺏긴 상태였다.

가족을 인질로 잡힌 강욱진도 사정은 다르지 않았다.

정단오는 원로회 한국지부의 핵심 능력자 셋을 묶어놓고 무엇을 하려는 것일까.

각자의 죄를 거듭 확인한 정단오가 다시 입을 열었다.

"너희는 원로회 한국지부를 무너트리는 최초의 탄환이 될 것이다."

"그게 무슨……?"

뜻 모를 말에 박기혁이 의문을 표했다.

그러나 세 명은 서두르지 않아도 정단오의 계획을 알게 될 터였다.

그가 이 세 명의 능력자로 무슨 일을 벌일지, 거대한 판

자체를 뒤흔들 사건의 전조가 보이고 있었다.

* * *

충격, 경악, 특종!

자극적인 단어들이 신문과 TV 뉴스의 헤드라인을 장식했다.

국내 경제를 이끌고 있는 글로벌 재벌인 오성 그룹의 비리가 만천하에 공개됐기 때문이다.

각 언론사에 익명으로 도착한 서신에는 오성 그룹 기획실이 주도한 비리 사건의 개요가 일목요연하게 정리돼 있었다.

단순히 누군가 장난을 친다고 생각하기는 힘들었다.

내부자가 아니면 도저히 알 수 없는 디테일한 자료와 증거들이 서신에 포함돼 있었기 때문이다.

오성 그룹이 정체를 알기 힘든 청부 단체를 움직여 시민운동가와 환경단체 운동가, 그리고 눈엣가시 같은 정치인을 제거했다는 무서운 진실이 드러났다.

특종거리를 잡은 언론사들은 사실 확인을 하기 전에 기사를 터트릴 수밖에 없었다.

서신을 받은 건 한 언론사가 아니다. 머뭇거리면 특종을 뺏기게 된다.

이런 인식 탓에 대한민국 뉴스가 완전히 마비되어 버

렸다.

국민들은 오성 그룹이 그리 깨끗하지 않은 기업이란 걸 잘 알고 있었다.

그러나 청부 단체를 움직여 마음에 안 드는 사람들을 제거하는 건 차원이 다른 이야기다.

오성 그룹의 존립 자체가 위태로워질 수 있는 스캔들이었다.

오죽하면 정부 부처에서도 뉴스가 터지자마자 비상 회의에 들어갈 정도였다.

경찰들은 익명으로 보내진 괴문서의 출처를 찾기 위해 특수 팀을 조직했다.

그러나 뉴스는 터졌고, 삽시간에 세계로 불길이 번지고 있었다.

각 언론사에 서신을 보낸 사람은 당연히 정단오였다.

그는 오성 그룹 기획실과의 연결을 담당했던 철탑의 강욱진으로부터 해당 자료를 얻어냈다.

문서에서 언급된 정체불명의 청부 단체는 원로회 한국지부를 지칭하는 것이었다.

모르는 사람들은 조폭이나 특수 조직을 떠올리겠지만, 뉴스를 본 한국지부 고위층들은 간담이 서늘해졌을 것이다.

이것으로 정단오는 전면전의 시위를 당긴 것이나 마찬가지였다.

오성 그룹의 치부를 만천하에 공개했다는 건 어떠한 혼란도 받아들일 준비가 됐다는 뜻이다.

이빨을 드러낸 그의 공격은 이제 시작에 불과했다.

*   *   *

오성 그룹의 비리로 언론이 난리가 났고, 사회 마비라는 단어를 쓸 만큼 여론이 무섭게 들끓고 있었다.

언론과 여론의 눈치를 볼 수밖에 없는 정치권도 가만히 있기 힘든 상황이 됐다.

대한민국 정치인 중에서 오성 그룹의 자금을 받지 않은 사람은 거의 없을 것이다.

그러나 위기 상황에서 가장 먼저 등을 돌리는 족속이 바로 정치인이다.

여당과 야당, 청와대를 막론하고 정치인들은 한 목소리로 특검 도입을 주장했다.

특히 야당에서는 특검뿐 아니라 별도의 수사본부를 설치해서 오성 그룹의 비리를 끝까지 밝혀야 한다는 걸 당론으로 채택했다.

단순한 재벌 그룹 비리가 아니라 청부 살인 의혹까지 있었기에 유야무야 넘어갈 사안이 아니었다.

오성 그룹이 곧 대한민국 경제의 기둥이라고 생각하는 보수적인 사람들도 이번 사건에서는 그들의 편을 들어주기 힘들었다.

물론 오성 그룹은 막대한 자금과 인력을 동원해 언론 보도를 뒤집으려 애썼다.

하지만 정단오가 철탑의 강욱진을 통해 빼돌려 각 언론사에 배포한 자료는 너무 정확했다.

허점이 없는 확실한 근거를 무슨 수로 뒤집는단 말인가.

세상에는 아주 드물게 돈으로도 안 되는 일이 있는 법이다.

바로 이 케이스가 그렇게 극히 드문 경우에 속하는 것 같았다.

한국 경제의 돈줄을 양손에 잡고 흔드는 오성 그룹이 위태롭게 됐으니 말이다.

"오성 그룹 전 계열사의 주가가 폭락하고 있습니다. 주식 시장에서 외국인들이 발을 빼고 있고, 원화 가치 역시 급격히 하락하는 추세입니다. 이대로 가다간 IMF 사태 이후 최악의 국가 위기가 올 거라는 관측이 지배적입니다."

평창동 저택에서 김상현이 최근 정세에 대해 브리핑을 하고 있었다.

오성 그룹의 비리 유출로 인해 나라 전체가 난리가 났지만 평창동 저택은 한없이 평화로웠다.

이지아는 평소처럼 커피를 내리고 쿠키를 구웠고, 김상현과 정단오는 외부와 차단된 넓은 마당에서 햇볕을 쬐고 있었다.

걸모습만 보면 아무 걱정 없는 부잣집 저택의 풍경이었다.

그러나 정단오와 김상현이 정원에 앉아 나누는 대화 내용은 대한민국의 운명을 좌우할 만큼 심각한 것들이었다.

일단 자본주의 사회에서 주가가 폭락하는 것만큼 위험한 일은 없다.

동물들이 지진이 일어나기 전에 대피하듯, 주식 시장의 투자자들은 누구보다 먼저 위험을 감지한다.

주가가 기준치 이상으로 폭락했다는 건 대한민국의 상황이 심상치 않다는 뜻이다.

어지간한 위기 상황에서는 주가가 요동칠 뿐, 대대적으로 하한가를 치진 않는다.

큰손 투자자들과 외국인들이 대한민국 시장에 넣어둔 돈을 빼기 시작했다는 건 위기가 임계점을 넘어섰다는 의미다.

정부와 여당, 야당은 오랜만에 한 목소리로 들끓는 여론을 진정시키려 애썼지만 문제는 간단치 않았다.

정단오가 지핀 불씨는 대한민국을 활활 타오르게 만들었다.

그는 어설프게 불을 끌 생각이 없었다.

설령 그와 동지들이 목숨을 바쳐 지킨 한국이라는 나라가 뿌리부터 흔들려도 개의치 않을 작정이었다.

정단오가 100년의 은거를 깨고 나섰다는 것은 정상적인 방법으론 독립군 후손들의 복수를 할 수 없었다는 뜻이다.

올바른 국가였다면 그런 사건들이 일어났을 때 체계적인 시스템 아래에서 억울함을 해소해줬어야 한다.

돈이 많고 적고를 떠나서, 또 권력이 있고 없고를 떠나서 법과 사회 시스템 앞에서는 누구나 평등한 국가였다면 정단오가 나설 일도 없었을 것이다.

하지만 작금의 대한민국은 무전유죄 유전무죄라는 상투적인 말이 당연시되는 사회다.

게다가 현실 세계에 개입을 최소화해야 하는 원로회가 정부 및 재벌 기업과 손을 잡고 청부업체 노릇을 하고 있다.

뿌리까지 썩어버린 구조를 바꾸기 위해서는 어쩔 수 없이 나무 전체를 태워 버리고 새로운 씨앗을 심어야 한다.

다른 사람들, 심지어 정단오를 찾느라 혈안이 된 원로회 한국지부도 짐작조차 못할 것이다.

그러나 그를 옆에서 보좌해 온 김상현은 대한민국에 정단오라는 이름의 대재앙 혹은 바이러스 백신이 강림했다는 걸 알고 있었다.

정단오는 필요하다면 해방 이후 쌓아올린 한국 사회의 기존 시스템을 모조리 태워버리고 모든 것을 백지 상태로 돌릴지도 모른다.

그는 단순히 원로회 한국지부와 몇몇 권력자를 노리는

게 아니었다.

오성 그룹의 비리를 만천하에 공개하며 도화선을 당긴 건 물불을 가리지 않겠다는 신호다.

김상현은 새삼 오싹함을 느끼며 맞은편에 앉아있는 정단오를 쳐다봤다.

"마스터."

스윽.

정단오는 말없이 고개를 돌렸다.

조심스레 입을 연 김상현은 정단오의 눈빛을 마주할 때마다 피가 차갑게 가라앉는 기분이었다.

10년을 보는 눈빛이지만 아직도 완벽히 적응이 되지는 않았다.

심연과도 같은 검은 눈동자 뒤에 무엇이 도사리고 있는지 김상현은 감히 예측도 할 수 없었다.

"물어보고 싶은 게 있습니다."

"말해라."

"주가가 폭락하고 오성 그룹을 향한 특검이 도입된 뒤에는… 또 어떤 그림을 그리고 계십니까?"

김상현은 차마 정단오의 궁극적 목표까지는 물어보지 못했다.

대한민국 기득권들의 멸망이나 몰살과 같은 비현실적인 답이 돌아올 경우, 스스로 감당해낼 자신이 없었기 때문이다.

그렇기에 눈앞의 다음 계획을 물어보는 것으로 진짜 궁금한 질문을 대신했다.

정단오는 잠시 침묵을 지키다 천천히 입술을 달싹였다.

"카오스."

"네?"

"더 큰 혼돈이 필요하다. 그 혼돈 속에서 이제껏 손을 잡고 있던 더러운 놈들끼리 물어뜯게 만들 것이다."

"마스터⋯⋯."

김상현은 선문답 같은 정단오의 말에 담긴 뜻을 조금이나마 이해했다.

차라리 이해가 안 됐다면 좋았을 것이다.

산전수전 다 겪은 전직 CIA 요원이 맑은 하늘 아래서 온몸을 부르르 떨었다.

그러나 정단오는 아랑곳하지 않고 태연하게 지시를 내렸다.

"오성을 흔들었으니 이번엔 원로회 차례다. 준비한 정보를 흘려라."

"알겠습니다."

그의 지시에 김상현은 곧바로 고개를 숙였다.

김상현은 정단오 때문에 CIA를 박차고 나온 사람이다.

그에게 은혜를 입은 순간 이후 덤이나 다름없는 삶을 산다고 생각하고 있다.

어쩌면 정단오를 돕는 게 한국을 파멸로 이끄는 길인지

도 모른다.

하지만 김상현은 믿기로 했다.

혼돈의 끝에서 새로운 씨앗을 심겠다는 정단오의 판단이 옳은 것이라고 믿는 것이다.

끝없이 자기 확신을 주입하는 그의 눈동자가 아주 살짝 흔들리고 있었다.

* * *

"찾아냈습니다!"

청와대 내부의 비밀 공간. 한 남자가 그중에서도 특히 경계가 삼엄한 건물 안으로 헐레벌떡 뛰어 들어왔다.

집무실이라 불러야 할 공간에서 모니터를 체크하고 있던 중년인이 고개를 들었다.

호랑이처럼 부리부리한 눈빛과 조각처럼 깎은 코와 턱.

미중년이라는 표현이 어울리지만, 짙은 카리스마 때문에 쉽게 그런 말을 하는 사람은 없을 것이다.

그의 정체는 아시아 최고의 칼잡이로 손꼽힌 도광 옥천 호다.

원로회 한국지부의 실권자들로부터 전권을 위임받은 실력자가 안광을 빛냈다.

"무엇을 찾아냈단 말인가?"

"철탑의 강욱진이 숨어 있는 은신처를 찾아냈습니다!"

"강욱진의 은신처?"

옥천호의 미간이 일그러졌다.

철탑의 강욱진은 오성 그룹 기획실과의 소통을 담당하던 실세다.

그가 감쪽같이 사라진 후 오성 그룹의 비리가 만천하에 공개됐다.

당연히 원로회의 활동 범위도 쪼그라들 수밖에 없었다.

그런데 해당 사건의 핵심 인물인 강욱진의 종적이 발견됐다고 하니 신경이 곤두설 수밖에 없었다.

"어디인가? 아니, 처음부터 자초지종을 말해라!"

사자후와 같은 호통에 보고를 올리러 온 남자가 위축됐다.

그 역시 당당한 능력자이지만, 옥천호 앞에서는 기를 펴지 못했다.

웬만한 능력자라도 옥천호의 눈을 똑바로 볼 사람은 드물 것이다.

그만큼 옥천호의 기세는 강렬했고, 능력자 세계에서 차지하는 명성도 드높았다.

겨우 마음을 추스린 남자가 보고를 시작했다.

"심각한 부상을 입고 은신처에 숨어 상처를 회복 중이라는 서신이 왔습니다."

"서신?"

"그렇습니다. 해킹을 우려해 자필로 쓴 서신을 전서구에

실었습니다."

전서구(傳書鳩)는 예로부터 능력자들이 은밀한 통신을 위해 사용하던 수단이다.

고대에는 훈련 받은 비둘기를 사용했지만 지금은 사정이 다르다.

길가에 널리고 널린 비둘기에게 강한 사념을 주입시켜 특정 위치로 날아가게끔 세뇌시키는 것이다.

요즘처럼 전자 메일과 SNS가 당연해진 시대에 가장 큰 불안 요소는 다름 아닌 해킹이다.

하지만 아날로그 중에서도 아날로그인 전서구를 사용하면 해킹의 염려 없이 정보를 전달할 수 있다.

습격을 당해 상처를 입고 은신해있는 강욱진도 자신의 위치가 발각될 것을 우려해 전서구를 보낸 것 같았다.

그러나 옥천호는 입맛이 개운치 않았다.

"강욱진뿐 아니라 천리마 박기혁, 썬더 브레이커 이기우도 거의 동시에 실종됐다. 아티팩트 보관소를 무너트린 강력한 능력자가 선비촌 무리와 손을 잡고 움직였고, 세 명을 실종시킨 주범도 동일하겠지. 어떤 흔적도 남기지 않고 완벽하게 아티팩트 보관소를 무너트린 상대가 강욱진을 죽이지 못해 도망치도록 놔뒀을 거라 생각하나?"

옥천호의 질문에 보고를 올리던 남자가 심각한 표정을 지었다.

미처 거기까진 생각하지 못했기 때문이다.

"그, 그게… 다른 사람도 아니고 철탑의 강욱진이라면 습격에서 벗어나 자기 한 몸 정도는 숨기는 것도 가능하지 않았겠습니까?"

"그럴 수도 있지. 강욱진은 강한 능력자이니까. 하지만 함정일 수도 있다."

"자필 필체를 확인했습니다. 필체를 훔쳤을 확률은 제로입니다. 설마 강욱진이 인질이 되어 함정을 위한 서신을 작성했겠습니까? 그는 심지가 굳은 걸로 유명합니다."

"이미 오성 그룹과의 거래 내역 일부가 세상에 공개됐다. 그런 이상 강욱진의 절개를 신뢰할 수만은 없다."

"하, 하지만……."

"무슨 말을 하려는지 알고 있다. 설령 함정이라 해도 제 발로 걸어 들어가야지. 그래서 그깟 함정 따위 찢어발겨줘야 하지 않겠나."

옥천호의 눈에서 살기가 번뜩였다.

그는 무협 영화의 배우들이나 쓸 것 같은 커다란 칼로 사람을 직접 베어 본 적 있는 몇 안 되는 능력자다.

능력자의 세계에선 분쟁이 일어나거나 서로 강함을 겨루고 싶을 때 원로회의 승인을 받고 생사결을 벌일 수 있다.

당연하게도 옥천호의 생사결 전적은 무패였다.

반면 그의 칼을 맞보고 몸성히 돌아간 사람은 아무도 없었다.

옥천호의 눈에서 번뜩이는 살기가 과장된 것이 아니라는

뜻이다.

실종된 강욱진과 박기혁, 이기우도 대단한 능력자이지만 옥천호의 명성에는 미치지 못한다.

"오히려 함정이었으면 좋겠군. 시간 끌지 않고 놈들을 찾아낼 수 있을 테니."

옥천호는 더욱 짙은 살기를 뿌리며 이를 갈았다.

개운치 않은 느낌이 현실이 되어 함정이 나타나길 바라고 있었다.

그래야 아티팩트 보관소를 무너트리고 능력자 세 명을 실종시킨 진범을 바로 잡을 수 있을 것이기 때문이다.

그는 함정에 빠져 자신이 당할 거란 생각 따위는 추호도 하지 않았다.

그것이 아시아 능력자 중에서 가장 칼을 잘 쓴다고 알려진 도광(刀狂)의 자존심이었다.

함정이 아니라면 철탑의 강욱진을 구해내고 그간의 사정을 들으면 그만이다.

복잡한 생각을 단칼에 정리한 옥천호가 두꺼운 입술을 움직였다.

"비상령을 내려라. 강욱진의 서신을 따라 움직인다. 함정에 대비해 최상의 전력을 동원할 것이다. 상부에는 내가 직접 보고를 올리도록 하겠다."

"존명!"

옥천호 앞에 선 남자가 허리를 깊이 숙이며 명령을 받들었다.

21세기 대한민국이지만 원로회 안에서는 과거의 위계질서가 고스란히 남아 있었다.

옥천호는 비장한 얼굴로 서릿발 같은 살기를 거두지 않았다.

사상 초유의 사태를 자신의 손으로 매듭짓겠다는 결의가 불꽃처럼 타오르고 있었다.

2장
파도(破刀)

아시아 최고의 칼잡이로 불리는 도광 옥천호가 직접 고른 인재들이 모였다.

깐깐하기로 유명한 옥천호의 기준을 통과한 이들이 무려 스무 명이나 집결한 것이다.

이만한 전력이면 웬만한 지역의 군부대 정도는 가뿐히 쓸어버릴 수 있다.

기관총을 비롯해 최신식 무기로 무장한 군부대라고 해도 지휘 체계가 발동하기 전에 초토화될 것이다.

특히 선두에서 스무 명의 능력자들을 이끌어갈 옥천호는 한 자루 칼로 미사일도 베어낼 것 같은 무시무시한 강자였다.

그런 그가 작심한 것이니, 함정일지도 모르는 곳으로 머리를 들이미는 형국이라도 원로회 한국지부 수뇌부의 전폭적인 지지를 받아 최정예 군단까지 만든 바에야 두려울 게 없었다.

처척! 척!

좌우로 늘어선 스무 명의 능력자들이 자세를 고쳐 잡았다.

허리춤에 거대한 칼집을 찬 옥천호가 눈을 번뜩이며 나타났기 때문이다.

그의 허리에 달린 칼집은 웬만한 어린아이의 몸통보다 커 보였다.

보통 사람은 들기도 힘든 거도(巨刀)를 장난감처럼 다루며, 막아서는 모든 것을 베어낸다는 소문이 거짓이 아닌 모양이었다.

서슬 퍼런 눈빛으로 좌중을 제압하며 등장한 옥천호가 입을 열었다.

"우리는 철탑의 강욱진이 보낸 친필 서신을 따라 그가 은신한 곳으로 향할 것이다. 목적지는 파주다. 경기도 파주에는 여전히 인적이 드문 지형지물이 많다. 함정을 펼치기 적합한 장소라는 뜻이다. 강욱진의 서신 자체가 적들의 함정일 가능성을 배제하지 마라. 작전이 종료될 때까지 A급 전투태세를 유지하도록!"

옥천호가 함정의 가능성을 언급하자 도열한 능력자들의 얼굴에 긴장이 떠올랐다.

이들 한 명, 한 명은 어디에 내놔도 이름값을 하는 강자들이다.

하지만 평화가 계속되고 있는 시대에 살고 있기에 실전 경험이 적었다.

원로회의 아티팩트 보관소를 무너트린 미지의 적을 상대해야 할지도 모른다는 말에 긴장하는 게 당연했다.

옥천호는 자신이 선별한 능력자들의 얼굴에서 긴장감을 읽어냈다.

그 역시 능력자들의 심정을 모르는 게 아니었다.

하지만 아티팩트 보관소가 무너진 이후, 원로회 한국지부는 전시(戰時) 체제에 돌입했다.

일반인들의 세계는 평화로울지 몰라도 능력자들은 달라야 한다.

그가 더욱 쩌렁쩌렁한 음성으로 호통을 쳤다.

"정신들 차려라. 지금이야말로 사선을 넘나들며 진정 각성할 시기임을 모르는가!"

확실히 옥천호의 외침은 효과가 있었다.

그의 앞에 도열한 능력자들은 사뭇 날카로워진 눈빛으로 고개를 끄덕였다.

그제야 겨우 만족한 옥천호가 다음 지시를 내렸다.

"전원, 차에 탑승한다."

"존명!"

스무 명의 우렁찬 대답이 울렸고, 옥천호를 포함한 능력자들은 차례대로 검은색 방탄 승합차에 나눠 탔다.

능력자들 중에서는 경공을 펼쳐 자동차보다 빨리 이동할 수 있는 사람도 있다.

하지만 모든 능력자가 경공을 쓸 수 있는 건 아니다.

게다가 체력과 효율성 등 여러 요소를 고려했을 때 장거리 이동은 교통수단을 이용하는 편이 낫다.

다른 능력자들과 마찬가지로 방탄 승합차에 탄 옥천호는 허리춤의 칼집을 떼어 다리 사이에 놓았다.

이제 진짜 출발이다.

강욱진의 서신이 함정이든 함정이 아니든, 그런 건 중요하지 않았다.

진짜 구조 요청이라면 강욱진을 찾아 자초지종을 듣고 적을 추적하면 된다.

그게 아니라 해도 준비된 함정을 모조리 박살내고 적들을 일망타진할 작정이었다.

옥천호는 자신의 칼과 스무 명의 능력자들이면 아티팩트 보관소를 무너트린 상대라 해도 충분히 잡을 수 있을 거라 자신했다.

부우웅―.

이윽고 검은색 승합차들이 줄줄이 청와대 밖으로 사라졌다.

청와대 경호처의 출입 기록에도 남지 않는 은밀한 이동이 시작된 것이다.

차 안이 보이지 않도록 유리창에 짙게 썬팅이 돼 있었다.

그러나 짙은 썬팅도 옥천호의 안광을 커버하진 못했다.

형형한 눈빛을 뿜어내고 있는 옥천호는 숨을 고르며 차 안에서도 긴장의 끈을 놓지 않았다.

그의 어깨와 한 자루 칼에 원로회 한국지부의 명예가 걸려 있었다.

* * *

후우우욱-!

여러 대의 승합차가 어둠을 뚫고 거센 바람을 만들어냈다.

특수 방탄 처리가 된 승합차는 작은 요새라고 봐도 무방하다.

미사일이나 박격포를 맞지 않는 이상 기관총 세례를 받아도 끄떡없을 것이다.

옥천호가 탄 선두 차량이 멈춰 서자 뒤따르던 승합차들이 일제히 정차했다.

그들은 이미 파주 외곽의 황량한 지역으로 들어왔다.

드문드문 허름한 주택이 있지만, 아무도 가꾸지 않는 논밭과 폐공장이 더 많은, 버려진 지역이었다.

끼익-.

옥천호가 문을 열고 차에서 내렸다.

곧이어 여러 대의 승합차에서 스무 명가량의 능력자들이 질서정연하게 하차했다.

옥천호는 가까이 다가온 그들에게 개별적으로 명령을 내렸다.

"관할 경찰서에서는 오늘 밤 이 지역을 순찰하지 않을 것이다. 어떤 소음이 발생해도 동 트기 전까지는 관여하지 않기로 약속이 돼 있다. 일 조 다섯 명, 민간인이 진입하지 못하도록 외부를 막아라. 동시에 적이 출현하면 도주로를 막아야 하는 임무도 함께 부여한다."

"존명!"

다섯 명의 능력자들이 앞으로 나서며 목소리를 높였다.

능력자 세계에서 벌어진 일은 능력자들끼리 처리하는 것이 룰이다.

룰을 떠나서 민간 세력이나 정부 세력, 심지어 군대를 동원해봤자 능력자 세계의 사건을 해결하는 데에는 별 도움이 안 되기 때문이다.

다만 막강한 영향력을 가진 원로회는 민간인이나 정부가 사건에 휘말리지 않도록 사전에 조율을 마쳐 놓는다.

관할 경찰서를 움직이게 못하는 것쯤은 일도 아니었다.

가장 먼저 명령을 하달 받은 다섯 명이 사방으로 퍼졌다.

쏜살같이 자기 자리를 찾아 달려간 다섯 명의 능력자는

밤새도록 이 지역을 철통같이 지킬 예정이었다.

옥천호는 남아있는 능력자들에게 다른 명령을 내렸다.

"강욱진이 서신을 통해 밝힌 은신처는 여기서 북쪽으로 3km 떨어진 곳의 폐공장이다. 부근의 지형지물을 확인하며 함께 이동한다. 함정이나 매복이 있을지 모르니 각별히 주의하도록!"

"존명!"

옥천호와 함께 움직이게 된 능력자들은 각자의 힘을 개방시켰다.

언제라도 전투에 돌입할 수 있도록 저마다 지닌 독특한 능력을 활성화시킨 것이다.

옥천호 역시 단전의 기운을 자극하며 칼집에서 손을 떼지 않았다.

그의 거대한 칼이 뽑힐 순간이 가까이 온 것 같았다.

쏴아아아ー.

휴전선과 가까운 파주 특유의 을씨년스러운 바람이 불어왔다.

옥천호와 그 뒤를 따르는 능력자들은 사냥감을 좇은 맹수처럼 묵직한 걸음으로 움직였다.

자세를 낮춘 옥천호는 말 그대로 한 마리 호랑이 같았다.

강욱진이 큰 부상을 입고 은신해있다는 폐공장이 코앞에 보였다.

경공을 펼쳐 도약하면 금방 닿을 수 있는 거리였다.

그러나 여기까지 왔는데도 다른 능력자의 기운은 느껴지지 않았다.

함정이었다면 분명 매복을 했을 테고, 아무리 숨겨도 능력자의 기운이 느껴져야 마땅하다.

다른 능력자라면 몰라도 옥천호의 감각을 완전히 속이고 은신하기란 거의 불가능에 가까운 일이었다.

그런데 폐공장이 보이는 거리에서도 아무런 기척이 감지되지 않고 있었다.

함정임을 거의 확신하고 작전에 돌입한 옥천호가 허탈감을 느낄 지경이었다.

"진입!"

그가 짧고 굵게 명령을 내렸다.

옥천호의 뒤를 따르던 능력자 중에서 열 명이 번개처럼 뛰어나왔다.

그들은 굳게 닫힌 폐공장의 대문을 한 방에 부숴버렸다.

꽈아앙-!

무형의 기운이 철문을 찌그러트렸고, 뿌옇게 피어오른 먼지 너머로 휑한 공장 내부가 드러났다.

"진입조 전방수색! 나머지는 후방 경계!"

실전 경험이 풍부한 옥천호의 명령에는 군더더기가 없었다.

문을 깨부순 열 명이 망설임 없이 공장 안으로 들어갔다.

반면 나머지 다섯 명가량은 옥천호 뒤에서 혹시 모를 상황을 대비했다.

옥천호는 앞뒤로 바삐 움직이는 능력자들 중심에서 전체 진형을 조율하며 눈을 빛냈다.

"강욱진!"

그때 옥천호가 벽에 등을 기대고 앉아있는 사람을 발견했다.

철탑의 강욱진.

얼마 전까지만 해도 한국에서 가장 강력한 신체강화 능력을 자랑하던 그가 비루한 몰골로 앉아 있었다.

옥천호의 목소리를 들은 열 명의 진입조가 강욱진에게 달려갔다.

옥천호 역시 후방 경계조를 남겨둔 채 한달음에 강욱진 앞에 섰다.

먼지와 피가 뒤섞여 엉망이 된 몰골로 기대 앉아있는 강욱진의 눈동자는 반쯤 풀려 있었다.

"정신 차려라, 강욱진! 우리가 왔다!"

동료인 옥천호의 부름에도 강욱진은 예전의 정광 넘치던 눈빛을 되찾지 못했다.

그는 마치 마약에 절은 중독자처럼 탁한 눈동자로 옥천호를 올려봤다.

"누…구……?"

"나를 못 알아보겠는가? 옥천호다, 도광 옥천호!"

"도광⋯⋯."

"자네의 서신을 받고 달려왔다. 이제 안심해도 된다, 강욱진. 치료를 받은 후 적에 대한 정보를 알려주면 기필코 내 칼로 베어 버리겠다!"

"안심? 아니, 틀렸어⋯⋯ 쿨럭!"

강욱진이 의미심장한 말과 동시에 피를 한 움큼 토해냈다.

핏덩이의 색깔로 보아 강욱진의 상태는 겉보기보다 더 심각한 것 같았다.

정단오의 평창동 저택 지하에서 극한의 고통을 맛보았으니 살아있는 게 신기할 정도인 것이 당연했다.

"강욱진! 강욱진!"

옥천호는 열 명의 능력자들에게 둘러싸인 채 연신 동료의 이름을 불렀다.

막상 두 눈으로 만신창이가 된 강욱진을 보니 형언할 수 없는 감정이 몰려왔다.

"천호? 천호? 피, 피하게⋯⋯."

그때였다.

간신히 정신을 되찾은 듯한 강욱진이 옥천호의 눈동자를 보며 힘겹게 입술을 달싹였다.

한국 원로회의 자랑이었던 철탑의 강욱진은 분명 두려움에 떨고 있었다.

옥천호는 한없이 초라해진 동료의 말에 귀를 기울였다.

"피하라니?"

"하, 함정…이니 어서……."

강욱진을 만난 이 순간도 매복의 흔적을 찾아볼 수 없는데, 함정이라는 게 이해가 안 됐다.

옥천호는 입을 굳게 다물고 감각을 최대한으로 끌어올렸다.

여전히 주위에서 능력자의 기운은 느껴지지 않았다.

만약 이것이 함정이라면 폐공장 안으로 진입할 때 매복한 적들이 튀어나와 공격을 했어야 한다.

"걱정 말게, 욱진. 이곳은 안전…!"

옥천호는 말을 끝맺지 못했다.

폐공장 땅에서부터 기분 나쁜 진동이 올라왔기 때문이다.

우웅― 우우웅―.

대처할 겨를도 없이 진동이 무척 거세졌다.

폐공장 전체가 흔들리고 있었다.

경험 많은 옥천호의 눈빛도 덩달아 흔들렸다.

함께 공장에 진입한 열 명의 능력자들의 안색도 하얗게 질렸다.

"설마 폭탄?"

옥천호의 얼굴이 경악과 분노로 물들었다.

능력자 세계에서 분쟁이 일어나면 철저하게 각자의 능력으로 승부를 보는 게 불문율이다.

목숨을 걸고 싸우더라도 총이나 폭탄 같은 일반 세계의 무기를 사용하진 않는다.

그런데 강욱진을 미끼로 삼아 폐공장에 폭탄을 묻어 놓다니, 적이 일반적인 테러리스트였다면 당연히 경계했겠지만, 능력자 세계의 일이기에 미처 생각하지 못한 방식의 함정이었다.

"폭발이다, 대비—!"

옥천호의 명령이 중도에 끊겼다.

어마어마한 굉음이 고막을 두드리며 폐공장 전체가 무너져 내리기 시작했다.

콰쾅!

콰콰콰콰콰쾅—!

대체 어떤 폭탄을 설치했는지 몰라도, 가히 공장 하나를 통째로 날려버릴 위력이었다.

땅이 뒤집어지고 안 그래도 부실하던 폐공장의 구조물이 와장창 무너져 내렸다.

산사태와 비견할 만한 충격파가 공장이 있던 자리를 휩쓸고 지나갔다.

뜨거운 열기와 강력한 파동이 쉽게 식지 않고 폭발의 여운을 유지시키고 있었다.

그때 또다시 2차 폭발이 일어났다.

꽈아아앙—!

길게 이어진 폭발음이 잠잠해지던 폐공장을 한차례 더

뒤집어 놓았다.

강력한 이능(異能)을 자랑하는 능력자들이라고 해도 갑작스러운 폭발에 휘말리면 목숨을 부지하기 힘들다.

공장의 잔해에 깔린 능력자들은 목숨을 잃거나 큰 부상을 입은 채 신음하고 있었다.

미끼로 사용된 철탑의 강욱진은 정단오의 의도대로 역할을 완수한 채 대가를 치르며 한 줌 먼지가 되었다.

"으윽……."

놀랍게도 옥천호는 살아있었다.

다른 능력자들과는 차원이 다른 강자답게 폭발의 순간, 내공으로 몸을 보호한 것이다.

하지만 그 역시 멀쩡하지는 않았다.

실제로 피해를 입은 것 이상으로 정신적인 타격을 입었기 때문이다.

능력자 세계에서 룰 위반이나 다름없는 폭탄을 이용한 함정에 당했다는 것. 그로 인해 강욱진과 다른 능력자들을 잃었다는 사실을 받아들이기 힘들었다.

곧이어 통제하기 힘들 정도의 분노가 깃들었다.

옥천호의 눈동자가 핏빛으로 물들었고, 끝까지 칼을 꽉 쥐고 있던 손에 힘줄이 튀어나왔다.

후드득— 후득—.

그가 떨어져 내린 공장의 잔재를 털어내고 일어섰다.

주위는 예상한 대로 폐허가 되어 있었다.

직접 뽑아온 원로회의 정예들을 이토록 허망하게 잃을 줄은 상상도 못했었다.

저벅저벅.

그때 누군가의 발소리가 폭발 후 고요해진 공기를 가르고 들려왔다.

옥천호는 칼을 쥔 채 소리가 들린 쪽을 쳐다봤다.

어둠보다 더 짙은 검은색 머리칼과 눈동자를 지닌 남자가 걸어오고 있었다.

유달리 하얀 피부가 이질적으로 보였다.

"너 혼자 남았다, 도광 옥천호. 외부를 경계하던 너의 수하들은 지금쯤 저승에 도착했겠군."

단신으로 나타나 폐허가 된 공장의 잔재를 딛고 옥천호 앞에 선 남자, 정단오가 절망적인 소식을 전했다.

외부와 후방을 경계하던 능력자들을 남김없이 죽였다는 말이 옥천호의 이성을 앗아갔다.

"강욱진을 미끼 삼아 이따위 저열한 방법으로 함정을 파고도 부끄럽지 않은가!"

옥천호의 호통에 정단오가 비웃음을 흘리며 대답했다.

"부끄러움이라? 룰을 어긴 건 원로회 한국지부다. 너희의 죗값을 받는 날까지 내겐 그 어떤 룰도 존재하지 않는다."

정단오는 능력자 세계의 불문율 따위에 구애받지 않겠다는 뜻을 분명히 밝혔다.

그의 말처럼 먼저 룰을 어기고 정단오를 비롯한 다른 능력자들을 기만한 건 원로회 한국지부다.

그들의 죗값을 받아내 억울하게 죽은 독립군과 그 후손들의 넋을 위로하기 전까진 어떤 룰도 정단오를 구속할 수 없다.

철탑의 강욱진을 미끼로 삼아 폐공장에 폭탄을 설치한 건 정단오의 비장한 각오를 보여주는 대목이었다.

외부를 경계하던 원로회 소속 능력자들은 이미 선비촌 사람들에 의해 쓸려 나갔다.

해가 뜨기 전까지 경찰이 개입하지 않을 거라는 사실도 알고 있었다.

원로회 한국지부가 어떤 식으로 일을 처리하는지 익히 알기 때문에 패턴을 짐작하는 게 어렵지 않았다.

남아있는 건 폭탄에 동료들을 잃고 분노한 도광 옥천호 한 명이 전부다.

아시아 최고의 도객으로 이름난 옥천호는 대어(大魚)다.

철탑의 강욱진이나 썬더 브레이커 이기우, 천리마 박기혁과 비교해도 한 수 위의 거물이다.

그를 사로잡거나 죽이면 원로회 한국지부의 능력자들이 심하게 동요할 것이다.

아티팩트 보관소가 무너진 것 이상의 충격을 줄 수 있을지도 모른다.

"이 칼로 그 목을 베어주마. 기필코—!"

도광 옥천호가 분신과도 같은 칼을 꽉 잡으며 분노를 토해냈다.

보통의 능력자라면 서슬 퍼런 옥천호의 기세에 눌려 숨도 쉬지 못할 것이다.

그러나 옥천호 앞에 서있는 사람은 다른 누구도 아닌 정단오다.

불멸의 지배자, 이터널 마스터 정단오는 아무런 무기도 들지 않고 조금 전까지 폐공장이 있었던 부지에 혼자 서있었다.

"와라, 옥천호. 명예롭게 죽을 수 있는 기회를 허락하겠다."

"오만방자한 놈!"

위에서 아래를 내려다보는 듯한 정단오의 말에 꾹꾹 눌러 담았던 옥천호의 분노가 터졌다.

작전은 실패했다.

누구보다 강한 자존심을 자랑하는 옥천호에게 남은 목표는 눈앞의 사내를 죽이는 것밖에 없다.

그는 더 이상 냉철해질 필요가 없었다.

이성의 끈을 넘어 마지막 한 자락의 광기까지 불살라야 한다.

어차피 이다음은 없을 것이기에.

콰아아아―!

옥천호의 몸에서 파도와 같은 기운이 솟구쳤다.

단전의 봉인을 해제하고 생명을 유지시키는 진원지기까지 끌어올린 것이다.

이 싸움에 목숨을 걸었다는 뜻.

그의 결연한 의지가 정단오에게도 전해졌다.

하지만 정단오는 조금도 긴장하지 않았다.

아시아 최고의 도객이라는 옥천호가 뒤를 생각하지 않고 진원지기를 터트렸어도 표정 변화 하나 없었다.

타앗!

옥천호의 발끝이 지면을 박찼다.

순식간에 공간을 가르고 정단오 앞에 다다른 그의 칼이 군더더기 없이 움직였다.

사아악-.

허공을 가르는 칼날에서 날카로운 바람이 생성됐다.

칼에 베이지 않고 바람에만 스쳐도 그대로 살가죽이 갈라질 게 분명했다.

그러나 정단오는 실체 없는 유령처럼 뒤로 미끄러지며 칼날과 바람을 모두 피했다.

그가 너무나 손쉽게 공격을 회피하자, 옥천호는 악에 받힐 수밖에 없었다.

"흐아압-!"

기합을 터트린 그가 위세를 더했다.

옥천호는 굳이 정단오를 쫓아 몸을 날리지 않았다. 대신 그 자리에서 힘차게 칼을 휘두를 뿐이었다.

슈웅—.

쐐애애액!

놀랍게도 칼이 휘둘러진 궤적을 따라 반달 모양의 흐릿한 기운이 생성됐다.

어두운 허공에 떠오른 반달은 번개처럼 빠른 속도로 정단오를 향해 쏘아졌다.

도풍(刀風)을 넘어서 절대고수의 경지라는 도기(刀氣)를 선보인 것이다.

휙!

정단오는 한 치 차이로 도기를 피해냈다.

그러나 정단오를 스치고 뒤로 날아간 도기는 기둥 잔해에 부딪쳐 폭발을 일으켰다.

퍼억—.

콰콰콰쾅!

폭약이 터진 것과 다를 바 없는 파공성이 울렸다.

조금 전 옥천호가 날린 도기에 맞으면, 능력자라고 해도 뼈가 으스러지고 온몸이 곤죽이 되어 터져 나갈 것이다.

정단오도 그의 도기에 감탄했는지 고개를 끄덕거렸다.

"과연, 칼에 미쳐 도광이라 불린다더니. 당대 동양제일검의 후보에 오를 자격이 있군, 옥천호."

"그 거만한 말투가 언제까지 이어지나 보겠다."

"하지만 말이다."

정단오가 비현실적으로 새하얀 손가락을 들어 옥천호를

가리켰다.

그의 검지 끝에 불투명한 기운이 형성되고 있었다.

쐐애애액-.

손가락에서 쏘아진 빛줄기가 옥천호에게 날아갔다.

본능적으로 절체절명의 위기임을 직감한 옥천호가 다급히 칼을 휘둘렀다.

파악!

정단오의 손가락에서 쏘아진 기운이 옥천호의 칼을 맞고 공중으로 튕겨졌다.

제때 막지 않았다면 그대로 옥천호의 목젖을 꿰뚫었을 것이다.

놀라 눈을 크게 뜬 옥천호를 바라보며 정단오가 끝맺지 않았던 말을 덧붙였다.

"네가 칼로 이룬 경지, 나는 100년도 더 전에 손가락으로 이룬 지 오래다."

단순한 도발 같지만 사실 그대로를 말한 것뿐이다.

옥천호는 원로회 한국지부의 최고위층답게 아티팩트 보관소를 무너트린 적의 주축이 정단오란 사실을 알고 있었다.

원로회 내부 문서를 통해 400년을 넘게 산 이터널 마스터에 대한 정보를 봤기에, 그의 말이 허언이 아님을 깨달아야만 했다.

그러나 머리로는 정단오가 불멸의 존재임을 인정해도 가

습으로는 그렇지 못했다.

겨우 20대 중후반으로 보이는 애송이가 과거 원로회 한국지부의 기틀을 세운 장본인이라는 사실이, 게다가 늙지도 죽지도 않는 존재라는 것이 도무지 현실로 와 닿지 않았다.

"불멸의 지배자? 이터널 마스터? 그게 사실이라고 해도 상관없다. 어차피 과거의 기록은 부풀려지고 왜곡되기 마련 아니던가. 내 칼로 너의 허명을 산산조각 내어 주마, 정…단…오!"

정단오의 이름을 씹어 먹듯 한 자, 한 자 토해낸 옥천호가 칼을 고쳐 잡았다.

그의 눈에서 금방이라도 불꽃이 튈 것 같았다.

생명의 근원이라 할 수 있는 진원지기를 터트렸기에, 기운은 어느 때보다 충만하다.

문제는 해가 뜰 무렵이면 생명력이 소진되어 쓰러질 거란 사실이다.

그러나 정단오나 옥천호 양쪽 모두 이 싸움을 동틀 때까지 끌고 갈 생각은 없어 보였다.

정단오는 옥천호가 데려온 능력자들을 모두 처리하고 일종의 유희를 즐기는 중이었다.

원로회 한국지부가 자랑하는 최강의 도객을 철저히 유린해서 정신과 육신을 동시에 파괴하는 것.

이것은 가장 잔인한 유희이면서 원로회의 최고 수뇌부에

게 내리는 그만의 징벌이었다.

타다닷!

저만치 떨어져있던 옥천호가 발을 굴렀다.

시위를 떠난 화살처럼 순식간에 거리를 좁히며 달려든 그의 신형이 어두운 하늘을 갈랐다.

공중에 떠오른 그가 막힘없이 칼을 휘둘렀다.

휘익-.

휘이익-.

휘이이익-!

허공에 뜬 채 무려 세 번이나 칼을 휘두른 옥천호의 몸이 땅에 착지했다.

그사이 칼날에서 쏟아진 세 가닥의 도기가 정단오를 향해 날아가고 있었다.

몸을 돌려 피하기에는 길쭉한 도기 세 가닥이 사방을 점령한 채였다.

꼼짝없이 맨몸으로 강철을 박살내는 도기를 막아야 하는 상황이다.

땅에 착지한 채 정단오를 노려보는 옥천호의 입가에 득의의 미소가 지어지려는 찰나, 바닥에서 무언가 솟구쳐 올랐다.

쿠구궁-.

퍽!

퍼퍽!

퍼퍼퍽!

믿기 힘들지만 폐허가 된 공장 바닥에서 흙기둥이 솟아올랐다.

정단오를 보호하기 위해 솟아오른 흙기둥이 옥천호가 날린 도기를 받아냈다.

고막을 두드리는 소리와 함께 흙기둥이 볼썽사납게 무너졌지만 정단오는 아무런 피해도 받지 않았다.

주위를 자욱하게 적신 흙먼지를 마셨다는 게 유일한 피해일 것이다.

"이익!"

옥천호는 피가 나도록 입술을 깨물었다.

주술의 기운이 강하게 느껴지는 방법으로 야심차게 날린 세 가닥의 도기를 전부 막아낼 줄은 몰랐다.

그러나 포기하기엔 이르다.

정단오가 방어에 집중하고 있는 틈을 타 치명타를 날려야 한다.

옥천호가 평생에 걸쳐 이룩한 무공의 경지는 그리 얕지 않았다.

그는 다시 한 번 제자리에서 허공으로 뛰어올랐다.

파앗!

한 마리 호랑이가 나무 위로 오르는 듯 박력 넘치는 점프였다.

제자리에서 뛴 것치고는 놀라울 정도로 높이 점프한 옥

천호의 칼이 달빛을 받아 빛났다.

슈우욱!

언뜻 봐서는 달빛과 구별되지 않는 도기가 칼날에서 뿜어져 나왔다.

이전에 쏘아냈던 것보다 훨씬 두껍고 강한 기운이 월광(月光)과 함께 지면으로 내리꽂혔다.

정단오는 허공에서 직각으로 꽂히는 도기를 정면으로 바라보며 한 발짝도 움직이지 않았다.

땅에서 솟구치는 흙기둥으로는 막아낼 수 없는 각도다.

그럼에도 불구하고 꼿꼿하게 서있는 그의 표정에서 긴장감 따윈 찾아볼 수 없었다.

너무도 무심한 포커페이스.

곧이어 정단오의 하얀 손이 넓게 펼쳐졌다.

그의 정수리를 쪼갤 듯 꽂힌 도기를 향해 그저 손바닥을 펼친 것이다.

스-읍!

놀라운 일이 일어났다.

더 굵고 강렬한 옥천호의 도기가 흔적도 없이 사라졌다.

정확히 말하자면 정단오의 하얀 손바닥 안으로 흡수된 것 같았다.

지면에 착지한 옥천호는 허탈한 얼굴로 눈썹을 찌푸렸다.

그때 정단오가 입술을 달싹였다.

"너에게로 온 것, 다시 너에게 돌려주겠다."

그의 손바닥에서 조금 전에 흡수한 도기가 쏘아져 나왔다.

쐐애애액-.

무지막지한 힘이 실린 도기가 원래 주인인 옥천호를 향해 맹렬하게 날아갔다.

까가강!

옥천호는 자신이 쏘아낸 도기를 자신의 칼로 쳐낼 수밖에 없었다.

정단오의 끝을 모르는 권능 앞에서는 아시아 최고의 도객이라는 명성도 전혀 먹혀들지 않았다.

그는 원거리에서 도기를 쏘아내는 방식은 아예 통하지 않는다는 걸 깨달았다.

그렇다면 남은 방법은 오직 하나, 몸을 부딪치며 직접 피를 보는 근접 백병전투가 남았을 뿐이다.

더 이상 많은 말은 필요하지 않았다.

호흡을 길게 내쉰 옥천호가 갑자기 땅을 박차고 일직선으로 튀어 나갔다.

타다다닷-!

허공에 도약하던 이전과는 다른 궤적이다.

오직 정단오를 향해 불도저처럼 뛰어드는 옥천호의 신형에서 무시 못 할 패기가 느껴졌다.

정단오는 달려오는 옥천호를 똑바로 노려보며 못 박힌

듯 그 자리에 서있었다.

이윽고 옥천호가 정단오의 지근거리에 다다랐다.

그의 눈이 칼보다 날카롭게 빛났다.

휘익-.

첫 번째 공격은 정단오가 상체를 비스듬히 틀며 피해냈다.

하지만 백병전에서 칼질은 상대를 난도질하기 직전까지 쉼 없이 계속되는 법이다.

옥천호는 두껍고 날카로운 도기를 칼날에 덧씌운 채 잔혹한 살수를 연달아 펼쳤다.

휙- 휘익!

부우웅-.

눈 깜빡할 사이에 수차례의 칼질이 허공을 갈랐다.

신기하게도 정단오는 한두 걸음 안으로 움직이며 아슬아슬하게 칼날을 흘렸다.

옥천호가 이를 악물고 목숨을 건 것에 비해 너무 평온한 모습이었다.

"전력을 다해라! 날 농락할 셈인가!"

분노로 가득 찬 옥천호의 부르짖음에, 정단오의 입꼬리가 말려 올라갔다.

오랜만에 포커페이스를 깨고 비웃음을 머금은 그가 입을 열었다.

"잘 아는군. 나는 지금 농락을 즐기는 중이다. 너와 원로회 한국지부를 향한."

"뭐라—!"

단전에서 내력을 잔뜩 끌어모은 옥천호가 정단오의 허리를 향해 칼을 휘둘렀다.

가로로 길게 베어 들어가는 칼날을 제자리에서 막긴 무리다.

스치기만 해도 허리와 척추가 통째로 날아갈 것 같았다.

그 순간, 정단오가 하얀 손을 뻗었다.

퍼억!

꽈드드득—.

"……!"

옥천호의 눈알이 금방이라도 튀어나올 것처럼 커졌다.

정단오가 도기에 휩싸인 칼날을 맨손으로 잡았기 때문이다.

주르륵—.

정단오의 손에서 핏줄기가 흘러내렸다.

하지만 그뿐, 손이 부서지거나 베이지 않았다.

새하얀 손에 붙잡힌 옥천호의 칼은 부들부들 거릴 뿐, 움직이지 못했다.

강철을 부수는 도기도, 목을 베어내는 칼날도 고작 하얀 손에 한 줄기 핏방울만 불러일으켰을 뿐이다.

정단오는 아무런 고통도 느끼지 못하는지 여전히 비웃음을 머금은 채 말했다.

"놀이는 여기까지다, 옥천호."

뚜둑―!

말이 끝남과 동시에 옥천호의 칼이 두 동강 나버렸다.

그가 목숨보다 아끼며 평생을 애지중지해온 칼이 부서진 것이다.

더불어 옥천호의 긍지와 원로회 한국지부 능력자들의 자랑 하나가 부서지고 있었다.

3장
피를 본 짐승

부서진 칼날과 함께 옥천호의 긍지와 영혼도 산산조각 났다.

　도객의 칼이 적의 손에 의해 부서지는 건 세상에 다시없을 치욕스러운 일이다.

　더구나 정단오는 싸우는 내내 아슬아슬하게 칼을 피하며 옥천호를 농락했고, 맨손으로 그의 칼을 부쉈다.

　생기 없어 보이는 하얀 손에서 검붉은 핏줄기가 뚝뚝 흘렀지만 그게 전부였다.

　놀라운 치유력으로 금방 회복된 정단오의 손에서는 칼날을 잡은 흔적을 찾아낼 수 없었다.

　하지만 옥천호는 아니었다.

　평생을 손에서 놓지 않은 칼이 두 동강 나면서 그의 영혼도 갈라진 것 같았다.

하지만 정단오는 그의 영혼을 부수는 것만으로 만족하지 않았다.

슈욱―.

하얀 손바닥이 활짝 퍼졌다.

사람들이 흔히 장풍이라 부르는 전설적인 기예가 현실에서 나타나면 이토록 무시무시한 법이다.

퍼어엉!

콰다다다탕!

장풍을 맞고 끈 떨어진 연처럼 날아간 옥천호가 폐허 위를 뒹굴었다.

모든 힘을 소진하고 자존심과 영혼이 부서진 그에게는 더 이상 반격할 의지 따위 남아있지 않았다.

정단오는 이토록 철저하고 참혹하게 원로회 한국지부의 자랑 하나를 망가트려 놓았다.

저벅저벅.

어둠과 고요가 내려앉은 시간, 정단오의 발소리만이 사방을 울렸다.

볼썽사납게 나뒹굴고 쓰러진 옥천호에게 다가간 정단오가 입을 열었다.

"소감이 어떤가, 아시아 최고의 도객이라는 도광 옥천호."

명백한 조롱이 느껴지는 물음이었다.

가슴뼈가 반쯤 주저앉은 옥천호는 거친 숨을 몰아쉬며 겨우 눈을 떴다.

"그… 그냥 죽여라."

"네가 긍지 높은 무인이라는 것은 잘 알고 있다. 하지만 알고 있나? 왜란이 일어났던 임진년, 조선을 약탈한 왜군 중에도 긍지 높은 무인은 있었다. 그렇다 한들 무인의 긍지가 왜군이 조선을 유린한 것에 대한 변명이 될 수는 없다."

"워… 원로회를 왜적들에 비유하는 것이냐, 쿨럭!"

"다를 게 뭔가. 왜적과 일제가 조선과 대한제국의 투사들을 죽인 것처럼 원로회 한국지부도 똑같은 짓을 하고 있는데 말이다."

"크읍……."

"잘못 쓰인 너의 칼, 저승에서 제대로 쓰길 바란다."

무감정한 음성으로 선고를 마친 정단오가 하얗게 빛나는 손을 높이 들었다.

이윽고 그의 손끝 위로 시리도록 푸른 빛깔의 검(劍)이 맺혔다.

가로막는 것이 무엇이든 영혼과 본질을 파괴하는 정단오의 마지막 비기, 혼연의 검이었다.

힘을 절제하지 않으면 혼연의 검은 인간의 영혼을 파괴한다.

육신에는 상처 하나 남기지 않고 영혼을 소멸시킬 수 있는 것이다.

슈우욱!

파랗게 불타오르는 혼연의 검이 옥천호의 심장에 꽂혔다.

뭔가 자기 몸 안으로 들어오는 걸 느낀 옥천호는 눈을 부릅뜬 채 전신을 부르르 떨었다.

그의 입에선 어떤 비명도 흘러나오지 못했다.

털썩-.

이윽고 옥천호의 고개가 힘없이 꺾였다.

말 그대로 영혼이 소멸 당하며 머나먼 저 세상으로 간 것이다.

그의 가슴팍은 이전에 맞은 장풍으로 흉하게 일그러졌지만, 그 외에 상처는 없었다.

만약 혼연의 검만으로 누군가의 영혼을 소멸시키면 완전 범죄가 될 것이다.

어떤 현대 과학을 동원해도 외상을 찾아낼 수 없을 것이기 때문이다.

정단오가 굳이 혼연의 검으로 옥천호를 잠들게 한 건 마지막 배려였다.

그나마 옥천호는 원로회 한국지부 안에서 무인의 긍지를 지키고 사는 몇 안 되는 인물이다.

그렇기에 최후의 비기로 마지막 순간을 장식해주는 게 해줄 수 있는 유일한 선물이었다.

"저승에서 지켜봐라. 너의 칼로 지키려 한 원로회 한국 지부가 무너지는 것을."

정단오는 싸늘하게 식어가는 옥천호의 시신 앞에서 예언 아닌 예언을 읊조렸다.

조금 있으면 어둠을 뚫고 동이 틀 터였다.

온갖 욕망과 부정부패로 뒤덮인 한국 능력자 세계에도 과연 언젠가 동이 틀지, 아직은 짐작하기 힘들었다.

*　　*　　*

청와대 안의 공개되지 않은 은밀한 곳에서 또다시 회의 가 열렸다.

이번 회의의 공기는 이전과 사뭇 달랐다.

썬더 브레이커 이기우, 천리마 박기혁, 철탑의 강욱진이 실종됐을 때도 물론 심각한 분위기였다.

하지만 그때는 도광 옥천호라는 카드가 남아 있었다.

아시아 최고의 칼잡이로 칭송이 자자한 도광 옥천호가 정예 능력자들을 데리고 나서면 해결 안 될 일이 없어 보였다.

원로회 한국지부의 수뇌부들은 어둠 속에 휩싸인 적의 정체가 이터널 마스터 정단오라는 것을 어렴풋이 인지하고 있었다.

그러나 기록된 그의 행적은 지나치게 신비로웠고, 그가

이겨냈다는 수많은 전투는 역사를 미화시켜 과장해놓은 것
같았다.

이미 수백 년째 젊은 모습으로 살고 있는 불멸의 존재
자체가 현실감 있게 와 닿지 않았던 것이다.

그래서 아티팩트 보관소가 무너지는 초유의 사태가 일어
났음에도 침착함을 유지할 수 있었다.

도광 옥천호라면, 원로회 한국지부의 자랑인 그가 나서
면 사태가 해결될 거라 믿었던 것이다.

하지만 도광 옥천호가 싸늘하게 식은 주검으로 돌아왔
다.

맹렬한 기세로 옥천호를 보필하며 출정했던 정예 능력자
들도 참혹한 몰골이었다.

폭탄에 당한 능력자들의 시신을 온전히 수습하는 것조차
힘들었다.

능력자의 세계에서 폭탄을 쓰다니, 치를 떨 일이지만 적
은 어디론가 모습을 감췄다.

벌써 굵직한 능력자 네 명이 당한 셈이다.

옥천호를 비롯해 현장에서 철탑의 강욱진이 시신으로 발
견됐고, 천리마 박기혁과 썬더 브레이커 이기우의 생사도
불투명하다.

강욱진이 죽은 것으로 보아, 다른 현장에서 미끼로 쓰이
거나 그들 역시 죽었다고 볼 수밖에 없다.

고풍스러운 원탁에 둘러앉은 사람들은 대부분 백발이 성

성했다.

이들이 실질적으로 원로회 한국지부를 이끄는 엘더 (Elder)들이다.

물론 회의에 참석하지 않는 엘더들도 있다.

하지만 단일 회의에 이토록 많은 엘더가 모인 건 실로 몇 년 만의 일이었다.

그만큼 원로회 한국지부 내에서도 사안의 중대성을 깨달 았다는 뜻이다.

"그래서 어찌하실 예정이오?"

오랜 침묵을 깨고 수염을 허리까지 기른 원로가 입을 열 었다.

시대에 어울리지 않게 하얀 도포를 입고 반백의 수염을 허리까지 기른 원로는 동양화 속 신선을 연상시켰다.

실제로 그는 도가의 명맥을 이는 절세고수로 명성이 자 자한 인물이다.

중국 도가 계열의 능력자들과 교류하며 한국 도맥(道脈) 의 최고 어른 대접을 받는 이였다.

그의 말에 대답해야 할 사람은 원탁의 꼭짓점 자리에 앉 아 있었다.

아무래도 꼭짓점에 앉은 그가 한국지부의 실무를 집행하 는 사람인 것 같았다.

그래서인지 백발이 성성한 원로들 사이에서 유독 그만 중년으로 젊어 보였다.

"그것이……."

말끝을 흐린 중년인이 길게 한숨을 내쉬었다.

쟁쟁한 원로들 앞에서 한숨을 쉬는 것조차 결례임을 모르지 않는다.

하지만 한숨 외에는 답답함을 드러낼 방법이 없었다.

"후우우-."

결례를 무릅쓰고 재차 한숨을 쉰 중년인이 겨우 말을 이어갔다.

"도광 옥천호와 능력자 20인의 죽음은… 전혀 예상하지 못한 바였습니다."

"어허-!"

"지금 상황에서 그게 할 말이오?"

"쯧쯧, 평화로운 시대가 너무 길었던 것이야."

중년인의 말에 잠자코 앉아있던 원로들이 하나둘 탄식을 내뱉었다.

한국지부의 실무를 담당하는 중년인은 욕지거리가 치밀어 올랐다.

일이 이렇게 될 때까지 원로들은 무엇을 했단 말인가.

그러나 속을 드러낼 순 없었다.

한국의 능력자 세계에서 이곳에 모인 엘더들의 말은 그야말로 법이나 다름없다.

그는 고개를 조아리며 낮은 음성으로 말을 계속했다.

"우선 옥천호와 능력자들, 그리고 강욱진의 시신을 수습했습니다. 폭발이 일어난 사고 현장 역시 경찰의 협조 아래 지뢰 유탄 사고로 위장했습니다."

"그렇지 않아도 뉴스에서 떠들석하게들 다루더군. 파주면 여러모로 민감한 지역 아니오? 지뢰 유탄 사고로 위장했지만, 그 덕에 해당 지역과 국민들의 대북 관련 정서를 건드리고 말았소. 지금 우리와 협력하는 현 정부가 대북 문제에 무척 민감하다는 걸 모르오? 이런 시기에 우리가 누를 끼치게 됐으니, 결국 또 그 빚은 어떻게든 갚아야 할 터, 쯧쯧."

엘더 한 명이 원로회 한국지부와 대한민국 정부 사이의 은밀한 거래에 대해 이야기했다.

한국지부의 실책으로 현 정부에 부담을 주게 됐으니 어떻게든 빚을 갚아야 한다.

결국 능력자들을 이용해 정부가 원하는 은밀하고 더러운 일을 처리해 줘야 한다는 뜻이다.

세계 원로회에서 절대 금지한 현실 세계 정부와의 거래를 공공연하게 언급한 것이다.

심지어 회의에 참석한 모든 원로들은 당연하다는 듯 고개를 끄덕이고 있었다.

이 장면만 놓고 봐도 원로회 한국지부가 뿌리까지 썩었다는 것을 짐작하기 어렵지 않았다.

이들에게 있어 능력자 세계의 룰이나 세계 원로회의 절대 법칙은 무의미한 것이었다.

현실 세계에서 누릴 수 있는 권력과 돈을 위해 능력으로 거래를 하는 장사꾼들, 이것이 지금의 한국지부를 표현하는 말이었다.

"아무튼 수습은 그렇다 치고, 향후 방안을 강구해야 할 것 아니겠소!"

처음으로 목소리를 높였던 원로가 재차 채근을 했다.

수염을 허리까지 길렀지만, 인내심은 그렇게 기르지 못한 모양이었다.

보고를 이어가던 중년인은 원로들이 보지 못하게 단상 아래에서 주먹을 꽉 쥐며 대답했다.

"지피지기면 백전백승이라는 간단한 진리를 지나쳤던 게 패착이 아니었나 싶습니다. 현재 소속 연구원들이 그자의 기록에 대해 검토하고 있습니다. 본 지부에 남아있는 모든 기록을 뒤져서 그자의 능력과 행동 패턴, 습성에 대해 파악한 보고서를 만들도록 하겠습니다."

"흐음… 기록을 어디까지 믿을 것인가도 문제이거늘. 일단은 알겠소."

"아마 강욱진을 이용해 미끼를 던진 전례로 보아 조만간 다시 우리를 자극해올 것이 확실합니다. 아직 생사가 불투명한 천리마 박기혁이나 썬더 브레이커 이기우를 미끼로 쓸 확률이 높습니다. 그때까지 연구를 계속해, 다음에는 반드시 그자를 놓치지 않겠습니다."

"그럼 또 우리를 자극할 때까지 기다리고만 있어야 한다는 뜻이오? 대안이라고 내놓은 건 과거의 기록을 검토해 상대를 잘 파악하겠다는 것뿐이고?"

"한 가지 더 있습니다. 예고 없이 전원 잠적한 강원도 선비촌 무리의 행적을 파악하기 위해 동원 가능한 모든 정보원을 풀어 놓았습니다. 그 자와 선비촌이 동맹을 맺은 것이 확실해 보이는 바, 선비촌을 쫓으면 결국 그자에게도 닿을 수 있을 것입니다."

"흐음… 선비촌이라, 선비촌."

"상대하기 쉬운 부류가 아니거늘, 쯧쯧."

강원도 선비촌이 언급되자 몇몇 원로들이 인상을 찌푸렸다.

이들 중 일부는 선비촌 사람들을 겪어본 적이 있었다.

그렇기에 전통을 목숨처럼 지키며 유가(儒家)의 능력을 계승한 선비촌이 얼마나 까다로운 상대인지 잘 아는 것이다.

잠자코 강원도에 은거해있던 선비촌 전체가 사라진 것 역시 간과할 수 없는 일대사건이었다.

불멸의 지배자로 기록된 그자, 정단오가 선비촌의 힘을 쓸 수 있다면 한국지부로서는 난감하지 그지없는 일이다.

그러나 더 이상 방관자처럼 두고 볼 수는 없었다.

뒷짐을 지고 있기엔 이미 너무 많은 것을 잃었다.

아티팩트 보관소와 그곳에 봉인되어 있던 아티팩트들, 세 명의 걸출한 중견 능력자, 그리고 한국지부의 자긍심이던 도광 옥천호까지.

만약 정보원들이 선비촌의 행방을 찾아내면, 혹은 정단오가 다시 자극을 해오면 뒷방에 물러나있던 원로들이 직접 나서야 할지도 모른다.

자칫 사건이 더욱 커져 세계 원로회의 귀에 들어가게 되면, 한국 정세는 걷잡을 수 없이 혼란스러워질 것이다.

말을 꺼내지 않아도 거기까지 예측을 하고 있는 원로들은 하나같이 어두운 표정을 짓고 있었다.

중년인도 자신을 둘러싼 엘더들의 염려를 알기에 더 이상 길게 말을 하지 않았다.

일어난 사건을 수습했고, 정단오의 기록을 뒤지며 지피지기의 자세를 갖추는 동시에 선비촌을 쫓고 있다는 것만으로도 충분한 보고였다.

한국지부의 실무를 책임지는 중년인과 이 자리에 모인 원로들은 침통한 가운데서도 한 가지 공통된 의견을 갖고 있었다.

비록 큰 진통을 겪었지만 결국에는 정단오를 처리할 수 있을 거라는 믿음이다.

하지만 그들이 아직 모르는 게 있다.

한 번 피를 본 짐승은 이전과 비교할 수 없이 사나워진다는 사실을.

아티팩트 보관소를 무너트리며 전쟁을 선포한 정단오는 이미 물불을 가리지 않는 짐승이라는 사실을, 그들은 아직도 모르고 있었다.

*　　*　　*

"고생 많으셨습니다."

평창동 저택으로 돌아온 정단오에게 김상현이 고개를 숙였다.

도광 옥천호가 이끄는 능력자들을 한 명도 남김없이 쓰러트린 건 대단한 성과였다.

이토록 반가운 승전보를 올렸음에도 정단오의 표정에는 미소가 번지지 않았다.

그는 무감정한 눈길로 김상현을 쳐다봤다.

"이지아는?"

"아, 그렇지 않아도……."

김상현이 뭐라고 대답하려는 찰나, 저택 계단을 구르며 그녀가 달려왔다.

"왜 이제 왔어요!"

다짜고짜 정단오에게 성질을 낼 수 있는 사람은 지구상에 이지아 단 한 명뿐일 것이다.

그녀는 옥천호와 싸우러 나간 정단오가 곧바로 돌아오지 않은 것에 화를 내고 있었다.

더 놀라운 건 정단오가 그녀에게 나름 변명 아닌 변명을 한다는 사실이다.

"선비촌 사람들의 은신처를 옮기느라 시간이 걸렸다. 원로회가 그들의 행방을 수소문할 게 분명하기에 주의를 기울일 수밖에 없었다."

"그럼 연락이라도 못해줘요? 기다리는 사람은 무슨 일이 있는 줄 알고 얼마나 걱정하는지 몰라요?"

"김상현이 소식을 전해주지 않았나?"

"상현 씨에게 듣는 거랑 단오 씨에게 직접 듣는 거랑 같아요?"

"다를 게 뭔……. 아니다, 앞으로는 미리 연락을 주도록 하지."

"꼭이에요, 꼭!"

이지아가 당연하다는 듯 새끼손가락을 내밀었고, 그답지 않게 당황한 정단오는 마지못해 새끼손가락을 걸고 약속을 했다.

그 모습을 지켜본 김상현은 숨이 넘어갈 지경으로 웃음을 참고 있었다.

"끅… 끅끅! 마, 마스터! 아이고, *끄그극-*!"

"웃지 마라, 김상현."

"네, 넵!"

김상현에게는 한없이 차갑고 카리스마 넘치는 정단오의 본모습이 그대로 유지됐다.

다만 이지아라는 유일한 예외가 생겼을 뿐이다.

수백 년 전 정단오에게 삶의 이유를 줬던 그녀와 많이

닮은, 그러면서도 또 많이 다른 이지아를 만나면서, 멈춰 있던 운명의 시계가 다시 돌아가기 시작했다.

이 싸움이 끝날 때까지 이지아를 지키는 것은 정단오가 부여 받은 또 하나의 운명이었다.

"아무튼 고생했으니까 얼른 들어와요, 커피랑 쿠키 줄게요."

"오오! 지아 씨가 만든 커피랑 쿠키! 오랜만에 먹어보겠군요."

이지아의 말에 김상현이 더 신나 하며 호들갑을 떨었다.

제법 큰 싸움에서 완벽하게 승리했으니, 아직 넘어야 할 산이 첩첩이지만 잠깐의 여유를 즐기는 것도 나쁘지 않았다.

정단오도 피식 웃음을 터트리며 이지아를 따라 평창동 저택의 정원을 가로질렀다.

조만간 이 저택을 떠나야 할 것이다.

원로회 한국지부의 정보망이 거미줄처럼 좁혀지면 지속적으로 은신처를 바꿔야 할 가능성이 높다.

그러나 당장은 전투를 마치고 돌아왔으니 몸과 마음에 휴식을 줘야 한다.

불멸의 지배자라 불리는 정단오의 육체도 다른 사람과 마찬가지로 피와 뼈, 살로 이루어져 있었다.

그에게도 휴식은 꼭 필요한 요소이다.

저택으로 들어가 이지아가 정성스레 준비한 커피와 쿠키

를 맛보는 정단오의 표정이 한결 부드러워졌다.

지킬 게 없는 사람의 싸움에는 한계가 있다.

그러나 지킬 게 있으면 인간은 한계 이상으로 강해지는 법이다.

아주 오랜만에 지킬 것을 찾아낸 정단오는 평온한 얼굴로 휴식을 누렸다.

다시 피를 찾아 전쟁터로 나가야 할 그는 이 휴식을 누릴 자격이 있었다.

*　　*　　*

지금부터는 속도전이다.

이빨을 드러낸 맹수는 사냥감의 목줄을 완전히 물고 뜯을 때까지 멈춰서면 안 된다.

망설이다간 냉정을 회복한 상대가 도망가거나 반격을 해올 수도 있다.

아티팩트 보관소를 무너트리며 전면전을 선포한 것이나 다름없는 정단오는 속도를 늦출 생각이 없었다.

참모 역할을 하는 김상현 역시 그의 견해에 동의하고 있었다.

"속전속결, 이것이 핵심입니다."

"나 역시 동감하는 바이다."

"마스터께서는 존재 자체로 원로회 한국지부를 흔들고도

남지만, 수치로 따졌을 때 적들은 국가 권력을 등에 업고 있습니다. 뿐만 아니라 재벌까지도 적들의 편입니다. 머릿수 역시 선비촌만을 동맹으로 확보한 우리와는 비교가 되지 않습니다. 그러나 역사적으로 수치를 뒤엎고 승리한 전쟁을 찾아보는 건 그리 어렵지 않습니다."

"베트남 전쟁을 말하는군."

"네. 그리고 지금까지도 중동에서 전쟁의 불씨를 피우고 있는 탈레반들의 싸움도 베트남 전쟁과 양상이 비슷합니다."

"적이 예측할 수 없는 시각과 경로에서 누구보다 빠르게 치고 빠지는 게릴라 전투. 그게 베트남과 탈레반의 공통점이겠지."

"그렇습니다, 마스터. 우리도 한국지부의 원로들이 나서기 전까지 게릴라 전투로 그 뿌리를 흔들어야 합니다."

"원로들이 나선다는 건 뿌리가 흔들렸다는 뜻이지."

"네. 하지만 상황이 거기까지 이르면……."

"정부의 공권력이 개입해 경찰과 군대를 적으로 돌려야 할지도 모른다. 게다가 현실 세계에 능력자들의 세계가 노출될 위험도 있고, 그에 따라 세계 원로회의 개입 역시 예상해볼 수 있다. 틀린가?"

"정확하십니다. 하면 마스터께서는 그 모든 상황을 고려하고 계신 것입니까?"

"돌아갈 곳은 없다, 김상현. 이 싸움을 시작했을 때부터

나는 모든 각오를 마쳤다. 설령 나로 인해 현실 세계와 능력자 세계가 진통을 겪으며 결합한다고 해도, 또 세계 원로회와 칼을 겨눠야 된다고 해도 돌아가는 일은 없을 것이다."

"그 뜻을… 따르겠습니다."

김상현은 떨리는 몸을 진정시키며 고개를 숙였다.

어쩌면 자신은 정단오와 함께함으로써 역사에 기록될 일을 하고 있는지도 모른다.

능력자들의 존재가 현실 세계에 공개되는 것, 단 한 번도 상상해보지 못한 일이 너무 태연하게 언급되고 있었다.

게다가 세계 원로회라니.

그들은 말 그대로 세계의 능력자들을 관장하는 엘더들의 그룹이다.

한국지부의 원로나 능력자들과는 영향력과 강함의 차원이 다른 세력이었다.

그럼에도 불구하고 정단오는 모든 것을 불사하고 있었다.

뿌리 깊은 부정부패의 고름을 짜내고 억울하게 죽은 독립군 후손들의 영혼을 위로하기 위해서, 그는 진정 세계의 끝까지 멈추지 않고 달려갈 각오였다.

"그럼 다음 작전 역시 원래 계획대로 실행하겠습니다, 마스터."

"선비촌 사람들에게 단단히 일러둬라. 쉽지 않은 싸움이 될 거라고."

"알겠습니다."

대화를 마친 김상현이 몸을 돌려 나가려고 했다.

그때 정단오가 낮게 깔린 목소리로 뒤돌아선 김상현을 붙잡아 세웠다.

"김상현."

"네?"

다시 몸을 돌린 김상현이 정단오의 눈을 바라봤다.

그가 정단오를 안 지도 벌써 10년이 넘었다.

이제는 목소리만 들어도 평소와는 다른 말을 할 거라는 게 느껴졌다.

실제로 정단오는 의미심장한 이야기를 꺼냈다.

"전에도 비슷한 대화를 나눈 적 있지만, 이 싸움의 끝에는 아무것도 없는 혼돈만 남을지 모른다. 그 거대한 카오스 뒤에 비로소 새로운 시작이 가능할 테지. 하지만 카오스 이후의 새로운 시작은 미래를 위한 것, 지금을 살아가는 너에게 줄 수 있는 게 무엇일지 모르겠다. 그럼에도 이 싸움을 나와 함께하는 이유가 무엇인가?"

"마스터……."

실로 깊은 의미를 담고 있는 정단오의 물음에 김상현의 눈동자가 흔들렸다.

하지만 그는 곧 바위처럼 단단하게 굳은 심지로 떨리는 눈동자를 고정시키며 대답했다.

"어떤 보상을 바라고 마스터의 곁에서 함께 싸우는 것이 아닙니다. CIA에 있으면서 더 이상 손을 댈 수도 없을 만큼 이 세상이 뿌리까지 썩었다는 것을 체감했습니다. 그 수렁에서 저를 건져준 분이 마스터입니다. 마스터가 불러올 대혼돈, 카오스는 그 자체로 끝이 아닐 거라 믿습니다. 새로운 시작을 위한 혼돈이라면… 그 가능성을 만드는 데 일생을 바치는 것도 남자다운 일 아니겠습니까? 하하!"

무척 진지한 말 끝에 유쾌한 웃음을 덧붙인 게 과연 김상현다웠다.

정단오는 그의 대답이 마음에 들었는지 물끄러미 김상현의 눈을 바라보고 있었다.

곧이어 정단오가 핏기 없이 새하얀 손을 내밀었다.

지금껏 단 한 번도 하지 않았던 일, 악수를 청한 것이다.

악수라는 게 사실 동료들 사이에서는 너무 당연하고 새삼스러운 일이다.

하지만 수백 년의 세월을 살아온 정단오가 누군가와 악수를 나누는 모습을 상상하는 건 쉽지 않다.

김상현 역시 충격을 받았는지 다소 멍한 상태가 됐다.

그러나 정단오의 손을 계속 내버려둘 수도 없었다.

처억.

손을 뻗은 김상현이 정단오와 악수를 나눴다.

이윽고 정단오의 입술 사이로 드물게 진한 감정이 느껴

지는 말이 흘러 나왔다.

"함께 싸워줘서 고맙다, 김상현."

"마스터…."

감동을 받았는지 잠깐 말문이 막혔던 김상현은 금방 원래 모습으로 돌아왔다.

"그런데 이런 거, 마스터와는 어울리지 않으신다는 것도 알고 계시지요?"

"그런가."

"감성적인 모습은 지아 씨 앞에서 보여주시는 것으로 충분합니다. 핫핫핫!"

유쾌하게 웃은 김상현은 끝을 알 수 없이 짙은 정단오의 눈동자를 마주봤다.

굳이 많은 말을 하지 않아도 두 사람 사이에는 통하는 게 있었다.

도광 옥천호를 쓰러트린 후 다음 스텝을 밟기 직전, 정단오와 김상현은 서로 대체할 수 없는 파트너임을 다시 한 번 확인하며 전의를 다졌다.

무릇, 모든 종류의 우정 중에서 가장 강하고 끈끈한 것이 전우애라고 했다.

얼마나 특별한 것인지 애(愛)라는 낯간지러운 말을 붙일 정도다.

정단오와 김상현은 전우애를 나누는 사이였다.

그들의 전우애가 혼탁한 세상을 어떻게 바꿔놓을지 감히

짐작조차 하기 힘들었다.

*　　*　　*

어둠이 내려앉은 밤, 그러나 대한민국의 수도 서울에서는 진정한 어둠을 경험하기 힘들다.

24시간 불을 밝히고 있는 편의점과 수많은 가로등, 그리고 국민의 안전을 지켜주는 대신 프라이버시를 위협하는 CCTV들이 도시의 밤을 밝히고 있다.

특히 홍대나 이태원, 강남 등 번화가로 나서면 낮보다 화려한 밤이 기다리고 있다.

불야성이라는 단어는 마치 21세기의 서울을 위해 만들어진 것 같았다.

강남의 대형 클럽에는 매일 수백 명에서 수천 명의 사람들이 파티를 즐겼고, 홍대와 이태원도 더하면 더했지 사정은 다르지 않았다.

"야, 오늘은 어디 갈까?"

"옥타곤 어때?"

"옥타곤 한물 간 지가 언젠데. 요즘 대세는 신드롬이나 아레나지!"

"그래? 그럼 아레나 콜!"

"콜!"

저마다 멋들어지게 차려입은 20대와 30대 청춘들이 강남의 클럽에 대해 떠들며 무리지어 걸어 다녔다.

밤이 깊었음에도 술기운이 적당히 오른 젊은 남녀들의 발길은 끊이지 않았다.

신사와 청담 주위에 형성된 클럽 라인은 밤마다 수많은 파티 피플들의 아지트가 된다.

유동 인구로 따지면 대낮을 능가할지도 모른다.

그런데 평소와 다를 게 없는 불야성의 풍경 구석구석에서 낯선 소리가 들렸다.

스슥-.

슈슈슈슉!

스산한 바람이 그림자를 비집고 다녔다.

어둠에서 어둠으로, 작동 중인 CCTV의 동선을 완벽하게 피하며 사각으로 움직이는 뭔가가 있었다.

흥겨운 파티 분위기에 취한 사람들은 수상한 기색을 전혀 느끼지 못했다.

이따금 강남대로를 순찰하는 경찰들도 매너리즘에 빠져 설렁설렁 길을 지나치거나 취객들의 싸움을 말리는 게 고작이었다.

스스스슛!

수많은 사람들 속 무관심의 그림자 사이를 파고들며 움직이는 흐릿한 형체들은 목적이 뚜렷해 보였다.

그들은 어둠을 원하고 있었다.

서울처럼 불야성이 일상이 된 대도시에서는 결코 느끼기

힘든 진정한 어둠, 그들이 오랜 세월 숨어 살아왔던 강원도 오지에서 느낄 수 있는 칠흑 같은 어둠을 만들려는 것이다.

개량한복 대신 움직이기 편한 트레이닝 복을 입은 이들은 다름 아닌 선비촌의 후예들이었다.

정단오와 김상현이 마련해준 은신처에 머물며 원로회가 통치하지 않는 새로운 세상을 열려고 하는 선비촌 사람들이 늦은 밤 강남에서 활개치고 있었다.

총 동원령이 떨어진 원로회 한국지부의 정보원들도 설마 선비촌 사람들이 강남에서 활동할 거라곤 상상도 못할 것이다.

선비촌은 유림의 보물인 녹암 이정도의 유림본서를 얻은 후 새로운 세상을 열어야겠다는 열망을 키워왔다.

원로회의 억압과 통치로부터 자유로워지는 세상, 유림의 전통을 마음껏 따르고 전파할 수 있는 세상을 위해 당분간은 한복을 벗고 트레이닝 복을 입는 변화도 감수하기로 결정한 것이다.

모두가 파티로 떠들썩한 강남의 밤, 은신처에서 나온 선비촌의 후예들은 어마어마한 사건을 일으키기 직전이었다.

한 번 피를 본 정단오와 선비촌은 원로회 한국지부가 대비를 할 틈을 주지 않으려는 것 같았다.

4장
어둠이 내려앉은 도시

둠— 둠!

쿵쾅—! 쿵쾅!

대형 스피커를 통해 요즘 대세인 EDM 장르의 전자음이 엄청나게 넓은 공간을 울리고 있었다.

고막이 찢어질 듯한 음악소리에 몸을 맡긴 수백, 수천 명의 남녀들이 스테이지에서 춤을 췄다.

강남의 클럽을 가득 채운 젊은 남녀들은 지치는 줄도 모르고 밤새 술과 음악, 춤을 즐기며 끈적한 공기를 만들었다.

불야성도 이런 불야성이 없었다.

그런데 한참 열기가 달아오를 새벽 두 시쯤, 갑자기 누구도 예상치 못한 일이 벌어졌다.

파직-.

지이이이이잉-!

짧고 굵은 하울링과 함께 온 클럽이 암전에 휩싸였다.

모든 조명이 꺼졌고, 뜨거운 열기를 식히던 에어컨은 물론 DJ가 틀던 음악마저 완전히 나가 버렸다.

그야말로 완벽한 어둠이 넓은 클럽을 뒤덮었고, 잠시 어리둥절해하던 사람들은 비명을 지르며 예상치 못한 사태 앞에서 패닉에 빠져 버렸다.

"뭐, 뭐야?"

"까아아아악-!"

"진정해! 정전, 그냥 정전이야!"

"까아아아아-!"

마이크의 전원도 나갔기에 클럽 직원들은 놀란 사람들을 다독일 수 없었다.

여자들이 비명을 지르자 남자들도 동요하기 시작했고, 한 치 앞이 보이지 않는 진짜 어둠 속에서 난장판이 벌어졌다.

두두두두두-!

쿵쾅! 쿠당탕탕!

앞 다퉈 클럽 밖으로 나가려던 사람들이 뒤엉켜 넘어지며 아수라장이 됐다.

이러다간 누가 깔려 죽어도 이상하지 않을 것 같았다.

클럽의 직원들도 패닉에 빠져 어떤 것도 할 수 없었다.

비상전력이 있음에도 갑자기 완전한 어둠이 찾아온 것을 이해하기 힘들었다.

불야성이 당연한 이들에게 한 치 앞이 안 보이는 완전한 어둠은 공포, 그 자체였다.

비단 이 클럽만 어둠을 경험하고 있는 게 아니었다.

청담동과 신사동의 대형 클럽들, 그리고 늦게까지 문을 여는 레스토랑과 술집 전부가 완전한 어둠에 빠졌다.

이른바 청담-신사 라인이라 불리는 꽤 넓은 지역 전체가 정전을 당한 것이다.

서울에서 가장 화려한 밤을 자랑하던 지역에 찾아온 진짜 어둠은 도시를 공포로 물들였다.

갑작스러운 대형 정전사고에 일대의 경찰들이 총 동원됐고, 119에도 비상이 걸렸다.

청담-신사 라인의 정전은 앞으로 며칠 동안 뉴스의 톱 헤드라인을 장식할 대형 사고였다.

과장을 조금 보태, 지금 이 순간 서울 강남 지역의 모든 경찰력과 소방력이 청담-신사 라인으로 집중되고 있었다.

당장은 누구도 왜 이런 초유의 대규모 정전 사태가 일어났는지 파악하지 못했다.

정전을 해결하고 아수라장을 정리하는 것이 우선이기에 그런 질문을 던질 여력도 없었다.

곤히 잠들어있던 서울시장이 참모진의 연락을 받고 침대에서 일어나 당사로 나올 정도의 사건이었다.

불야성이 당연한 서울 시민들에게 진짜 어둠이 무엇인지 알려준 선비촌 사람들은 유유히 그림자 너머로 사라졌다.

그들은 정단오로부터 받은 지령을 완벽하게 수행했다.

진정한 어둠이 모두의 시선을 청담-신사 라인으로 고정시켰고, 그 틈을 타 다른 지역에서 정단오가 움직이고 있었다.

더 크고 깊은 어둠을 만들기 위해 불멸의 지배자가 나선 것이다.

*　　*　　*

저벅저벅-.

검은 정장과 검은 구두를 입은 정단오가 어둠 속에서 홀로 걷고 있었다.

셔츠까지 검은색으로 맞춰 입었기에 새하얀 그의 피부가 유독 도드라져 보였다.

어둠의 품에 묻혀 미끄러지듯 부드럽게 움직이는 정단오는 저승사자의 현신 같았다.

하지만 누구도 그를 신경 쓰지 않았다.

대부분의 경찰력과 소방력은 청담-신사 라인으로 빠져나갔다.

갑작스러운 정전으로 아비규환이 된 강남 일대를 통제하기 위해서다.

스윽.

정단오가 돌연 걸음을 멈췄다.

그는 혼자지만, 사실은 혼자가 아니었다.

어둠 속에 몸을 숨긴 채 정단오의 뒤를 따르는 존재들이 있었다.

강남 일대를 마비시킨 선비촌 사람들 외에 또 다른 무리가 정단오와 함께 움직이고 있었다.

처억.

주머니에서 손을 뺀 정단오가 검지를 들어 한 건물을 가리켰다.

그의 길고 새하얀 손가락 너머에는 대형 은행의 본사 건물이 우뚝 서 있었다.

국내 주요 금융기관 중에서 가장 영향력이 강한 곳이며 동시에 오성그룹과 긴밀한 관계를 맺고 있는 은행이다.

손가락을 거둔 정단오가 들릴 듯 말 듯 낮은 음성을 읊조렸다.

"시작하지."

그의 말이 신호였다.

어둠 속에서 조용히 정단오를 뒤따르던 선비촌 사람들이 일제히 땅을 박찼다.

화라락!

전통의 굴레를 벗고 새로운 세상을 열기 위해 작심한 선비촌의 저력은 결코 우습게볼 것이 아니었다.

한국지부의 원로들도 선비촌의 특별한 능력에 대해 경계심을 품고 있었다.

어둠에서 튀어나온 선비촌 청년 몇 명이 두 손을 모아 소환수를 불러냈다.

쿠구구궁-.

도시에 짙게 드리운 그림자가 소환수를 잉태했다.

곧이어 형체를 알아보기 힘든 거무튀튀한 소환수들이 현실 세계에 나타났다.

유림의 맥을 이은 선비촌에서는 이처럼 어두운 기운을 가진 소환술을 좋아하지 않는다.

그러나 선비촌의 촌장과 장로들은 새로운 세상을 열기 위해 모든 금제를 철폐했다.

원로회가 무너지고 한국에 새로운 질서가 생길 때까지 그들을 옭아맬 수 있는 건 아무것도 없었다.

"크르르……."

"콰아아아!"

그림자에서 잉태된 소환수들이 섬뜩한 울음을 터트리며 허공으로 날아올랐다.

어둠의 소환수가 노리는 건 방범용 CCTV였다.

은행 본사를 비추는 수십 대의 CCTV가 제 멋대로 날뛰는 소환수들에 의해 모조리 파괴됐다.

겨우 2분이나 3분도 지나기 전에 최첨단 경비 시스템이 무용지물이 된 것이다.

물론 CCTV가 부서진 순간 은행 본사를 지키는 특수 경비 업체와 관할 경찰서에 신호가 가기 마련이다.

하지만 관할 경찰서의 인력은 대부분 청담-신사 라인의 정전 사태를 해결하기 위해 빠져 있다.

특수 경비 업체의 직원들이 출동하는 데에도 빠르면 5분, 보통 15분 정도가 소요된다.

그만한 시간이면 정단오와 선비촌 사람들이 목적을 이루기엔 충분히 차고도 넘쳤다.

은행 본사 건물 안에서 당직을 하는 경비원들은 정단오의 발걸음 하나도 막지 못할 것이다.

삐이이- 삐이이이-.

CCTV들이 깨진 순간부터 시끄러운 사이렌 소리가 은행 본사를 울리고 있었다.

하지만 정단오는 개의치 않고 다음 명령을 내렸다.

"태워라."

그의 말이 떨어지기 무섭게 앳되어 보이는 청년 세 명이 정단오 옆으로 나왔다.

나란히 선 그들은 합장하는 자세를 취하고 눈을 감은 채 진땀을 쏟아냈다.

곧이어 서울 한복판에서 믿기 힘든 일이 벌어졌다.

화르르륵!

화아아아아악-!

세 명의 선비촌 청년들이 식지 않는 불꽃을 불러냈고,

벌겋다 못해 푸르른 불꽃이 거대한 원형을 이뤄 은행 본사로 날아갔다.

퍼엉!

퍼퍼퍼펑!

화염구(火焰球), 서양의 능력자들은 파이어 볼(Fire-Ball)이라 부르는 이적이 실현되어 은행 본사를 불태웠다.

정단오는 강원도에서 오행을 다루는 선비촌 청년들과 싸운 적이 있기에 전혀 놀라지 않았다.

하지만 요즘 세상에서는 불가능한 비기였고, 능력자의 세계에서도 이토록 강한 오행의 힘을 사용하는 이들은 흔하지 않았다.

은행 본사 건물에 작렬한 화염구는 단단한 외벽을 무너트리며 입을 크게 벌렸다.

한번 타오르기 시작한 불꽃은 쉽게 사그라들지 않는다.

건물 안에서 당직을 서던 경비 직원들은 소스라치게 놀라 밖으로 튀어나왔다.

119에 신고를 해도 당장 달려올 소방 인원이 없는 실정이다.

청담-신사 라인 전체의 정전이라는 어마어마한 국가적 사태가 대부분의 비상 인력을 잡아먹었기 때문이다.

정단오는 건물 밖으로 튀어나온 경비원들에게 자비를 베풀었다.

굳이 이들까지 죽이거나 해할 필요는 없었다.

대신 소란스럽지 않게 쓰러트리는 것으로 족하다.

픽! 피픽!

털썩-.

정단오의 섬섬옥수에서 쏘아진 무형의 기운이 경비 직원들의 혈도를 눌렀다.

독침을 맞은 듯 그대로 길바닥에 쓰러진 경비 직원들은 시말서를 쓰거나 최악의 경우 해고될 수 있지만, 죽는 것보단 나을 터였다.

"이제 좀 따뜻해졌군. 들어가지."

정단오는 타오르는 불길을 보며 대수롭지 않게 중얼거렸다.

슈슈슉-!

곧이어 숨어있던 선비촌 청년들이 그의 뒤로 도열했다.

소환수를 불러내고 화염구를 던진 청년들은 근처에 대기하고 있던 차를 타고 사라졌다.

이미 힘을 썼기에 더 이상 있어봐야 도움이 되지 않을터, 김상현이 준비해둔 차를 타고 재빨리 은신처로 돌아가는 편이 낫기 때문이다.

정단오와 선비촌 사람들은 치밀하게 세워 놓은 시나리오에 따라 움직이고 있었다.

얼핏 막무가내로 사고를 치는 것 같아도 일사불란한 행동에 빈틈이 없었다.

후두둑-.

쿠당탕탕!

첫 번째 폭발 이후 더욱 기세를 올린 불꽃이 은행 본사 건물을 무너트리고 있었다.

서울 중심지에 위풍당당하게 서있던 거대한 단독 건물이 초라해지는 것도 한순간이었다.

불길을 지나쳐 건물 안으로 진입한 정단오는 망설이지 않고 목적지로 나아갔다.

본사 1층의 가장 깊은 곳에 위치한 전산실이 그의 목적지였다.

화재가 시작된 순간, 아니 CCTV가 동시다발적으로 터져나간 순간부터 작동된 비상 경비 장치는 여전히 사이렌 소리를 울리고 있었다.

뿐만 아니라 복도와 각 사무실을 잇는 거점에 비상시에만 가동되는 철문이 세워졌다.

도둑이나 강도가 들어도 건물 안에서 옴짝달싹 못하게 만드는 시스템이었다.

하지만 그것은 어디까지나 평범한 강도에게 해당되는 이야기다.

기관총을 든 강도 무리는 복도마다 철컹철컹 내려오는 철문을 뚫지 못하고 독에 갇힌 쥐 신세가 될 것이다.

그러나 두꺼운 강철을 아기 손목처럼 쉽게 비트는 정단오에겐 해당 사항이 없는 일이었다.

우득— 우드득—.

정단오는 길을 막아선 철문을 맨손으로 우그러트렸다.

뒤따르는 선비촌 청년들도 그의 괴력에 다시 한 번 경외의 눈길을 보냈다.

콰앙!

곧이어 그가 소림사에서 배운 백보신권으로 철문 중앙에 커다란 구멍을 뚫었다.

"귀찮군."

여러 개의 철문을 종잇장 찢듯 뚫어버리고 나서 정단오가 내뱉은 감상이다.

비현실적으로 새하얀 그의 손에는 멍 자국 하나 들지 않았다.

그렇게 1층 중심부의 전산실로 진입하는 데 걸린 시간이 정확히 1분.

대형 은행 본사가 자랑하는 모든 방범 시스템이 무용지물이 되는 데 필요한 시간은 5분도 되지 않았다.

소환수들이 CCTV를 파괴하고 이글거리는 화염구가 건물을 불태운다.

그리고 정단오가 비상시에 작동하는 철문들을 죽죽 찢으며 전진한다.

말로 풀면 너무도 쉬운 시나리오가 부정하기 힘든 현실이 됐다.

전산실에 도달한 정단오는 손목시계를 보며 입술을 달싹였다.

"너희 차례다."

그의 지시를 받은 선비촌 청년들이 서로의 손을 맞잡았다.

소환수를 쓰고 화염구를 날린 청년들보다 훨씬 많은 수가 전산실까지 따라왔다.

다 큰 남자들임에도 서로의 손을 굳게 부여잡은 선비촌 청년들이 일제히 눈을 감았다.

눈을 질끈 감은 그들의 입에서 유림의 진언이 흘러나왔다.

"하늘의 지엄한 법도 앞에 대지는 고개를 숙일 지어다……!"

"하늘의 지엄한 법도 앞에 대지는 고개를 숙일 지어다……!"

손에 손을 맞잡은 선비촌 청년들이 진언을 서너 번 정도 외웠을 때, 드디어 그들의 술법이 힘을 발휘했다.

쿠궁-!

쿠콰콰콰콰쾅!

엄청난 굉음과 함께 지축이 흔들렸다.

아니, 흔들린 게 아니라 지반 자체가 무너지기 시작했다.

굶주린 늑대가 주둥이를 벌리듯 전산실 땅바닥이 쩌억 갈라진 것이다.

콰쾅-.

파지직! 파파파팡!

유림본서를 얻은 후 선비촌 전원이 한 차원 더 강력해졌다는 말은 허장성세가 아니었다.

청년들의 술법이 인위적으로 전산실에 지진을 일으켰고, 수십 대의 컴퓨터와 전자기기, 은행의 데이터베이스를 보관한 슈퍼컴퓨터가 꺼진 땅으로 빨려 들어가며 뒤엉켜 폭발했다.

건물을 불태운 화염구와도 비교하기 힘든 이적이 눈앞에서 일어난 것이다.

하지만 모든 일을 주도한 정단오는 담담한 표정이었다.

그는 지루한 영화를 관람하는 관객처럼 팔짱을 낀 채 짧게 말했다.

"고생했다. 쉬어라."

"그럼……."

청년들의 대표가 고개를 숙인 후 동료들을 이끌고 은행 본사 건물 밖으로 사라졌다.

그들 역시 김상현이 대기시켜 놓은 차량에 탑승해 여러 루트를 거쳐 은신처로 향할 것이다.

반면 정단오는 급할 게 없다는 듯 여유롭게 걸어 나왔다.

건물 밖에 나왔지만 아직 경비 업체나 경찰, 소방서에서 나온 인원은 보이지 않았다.

갑작스러운 화마와 소음에 불구경을 나온 몇몇 행인들이

건물 안에서 걸어 나온 정단오를 보고 소스라치게 놀랐을 뿐이다.

정단오는 그들을 뒤로한 채 어둠 저편으로 걸음을 옮겼다.

천천히 어둠에 잠식되는 그의 뒷모습을 본 사람들은 평생 오늘을 잊지 못할 것이다.

* * *

"긴급 속보입니다! 어젯밤 청담동, 신사동 일대에 갑작스러운 대형 정전이 일어났습니다. 비상 전력까지 마비되는 사고로 수많은 인파가 혼란에 휩싸였고 부상자가 속출했습니다. 서울 지역의 경찰력과 소방력이 총 동원됐지만 사태를 단기간에 수습하기엔 무리였습니다. 하지만 더 충격적인 사고가 일어났습니다. 정전이 일어나고 얼마 지나지 않아 대민 은행 본사에 화재가 일어나고 지반이 붕괴되는 믿기 힘든 일이 벌어졌습니다. 대민 은행 측에서는 정확한 피해 규모를 함구하고 있고, 뜻밖의 사태에 청와대와 서울시청이 나서서 원인을 파악하고 있다고 합니다. 자세한 소식, 현장에 나가 있는 김기태 기자에게 듣겠습니다!"

어느 때보다 긴박해 보이는 앵커의 음성이 전국적으로 울려 퍼졌다.

동이 트고 아침이 된 후 대한민국의 모든 사람들은 간밤의 대형 사고에 대해 이야기했다.

국가신용도에 지장이 생길 정도의 사고가 연달아 벌어졌으니 언론과 여론이 놀라서 같은 이야기만 하는 게 당연했다.

오죽하면 청와대의 대통령과 서울시장이 직접 모습을 드러내 사태를 진정시키기 위해 동분서주할 정도였다.

우선 청담-신사 라인에 일어난 정전 사고만 해도 책임자 전원이 문책 당할 일이었다.

비상 전력까지 소용없게 만든 그만한 대형 정전이 수도 서울에서 일어났다는 건 국가적인 수치였다.

고작 하룻밤, 아니 몇 시간에 불과하지만 그로인한 피해액은 수십억 원을 넘길 것이다.

당장 수십억 원의 피해가 문제가 아니었다.

다행히 사망자는 없었지만 부상을 당한 사람들도 회복될 터, 진짜 문제는 공포심이다.

밤마다 불야성을 이루며 강남을 밝히던 사람들의 발길이 뜸해졌다.

당분간 늦은 시간에 외출을 하는 사람의 수는 급격히 줄어들 것이다.

청담동과 신사동이라는 대한민국의 노른자에서 일어난 대형 정전 사고는 국민들을 위축시키기에 충분했다.

게다가 정전과는 비교도 할 수 없는 대민 은행 본사 화재 사고가 터졌으니 공포라는 괴물이 스멀스멀 퍼져 나가기에 이보다 좋은 환경이 있을 수 없었다.

대한민국 전역을 휩쓸어버린 어둠이라는 공포, 그리고 국가를 대표하는 은행 본사 건물이 불에 타고 전산실이 완전히 사라지며 입은 피해는 가늠이 불가능하다.

본사 건물이 반파되는 이상의 타격을 입고 전산실과 함께 주요 데이터베이스를 잃어버린 대민 은행은 사실상 재기가 힘들 것이다.

대민 금융 주가는 폭락해 종잇장보다 못한 처지가 됐고, 시중 은행에는 예금을 찾기 위한 사람들이 줄을 섰다.

어느 누가 본사 건물이 무너진 대민 은행에 안심하고 돈을 맡기겠는가.

물론 건물이 불에 타고 전산실이 날아갔다고 해서 모든 데이터나 신뢰가 사라진 건 아니다.

하지만 한 번 동요하기 시작한 사람들의 거대한 해일처럼 모든 사실을 집어삼키는 법이다.

하루아침에 대민 은행이 몰락하며 겨우 회생의 기미를 보이던 국가 경제도 수렁으로 빠지고 있었다.

정단오는 단 몇 시간 안에 누구도 감히 상상하지 못한 일을 현실로 만들었다.

그리고 이틀 후, 거처를 옮길 준비를 마친 정단오는 평창동 저택에서 마지막으로 TV를 시청하고 있었다.

벽면을 가득 채운 넓은 화면에는 대통령이 나와 대국민 성명을 발표하는 중이었다.

"존경하는 국민 여러분, 먼저 최근 일어난 불미스러운 사고에 대해 국가의 행정을 책임지는 대통령으로서 사과를 드립니다. 아울러 다시는 그와 같은 사고가 일어나지 않도록……."

대통령이 침울한 표정으로 준비된 발표문을 읽는 광경은 꽤 낯설었다.

소파에 모여 앉은 김상현과 이지아는 대통령의 발표를 주의 깊게 보고 있었다.

하지만 정단오는 유리창 너머 햇살이 들어오는 정원을 바라봤다.

그리 오래 머물진 않았지만 평창동 저택을 떠나야 한다는 게 아쉬운 것 같았다.

정단오에게는 대통령의 대국민 사과보다 제법 정든 집과의 이별이 더 중요한 것이다.

"어!"

그때 김상현이 탄성을 흘렸다.

이지아의 동그란 눈도 평소보다 더 커졌다.

대통령이 예상하지 못한 발표를 시작했기 때문이다.

"아울러 현재 경찰과 검찰에서는 대민 은행 화재 사고의 배후에 어떤 불온한 세력이 있었는지 최선을 다해 추적하고 있습니다. 이것이 단순 화재 사고가 아니라 대민 은행과 국가 경제 시스템에 타격을 가하기 위한 인재임을 확인했으며 그 세력을 뿌리까지 추적해 과오를 명명백백히 밝히겠습니다. 이를 위해 검경 외에 별도의 특별 수사본부를 신설할 계획입니다. 국민 여러분, 대한민국의 힘을 믿어 주시고……."

뒤이은 내용은 중요한 게 아니었다.

대민 은행 본사가 무너진 걸 사고라 표현하지 않았다는 게 핵심이었다.

더불어 특별 수사본부 신설도 주의 깊게 들어야 한다.

김상현이 고개를 돌려 정단오의 옆얼굴을 쳐다봤다.

"마스터, 우리의 예상과는 다른 반응입니다."

"한국지부 원로들의 참을성이 한계에 다다랐군. 나쁠 건 없다. 아니, 환영할 일이다."

정단오가 TV 화면을 노려보며 의미심장한 말을 내뱉었다.

애시당초 김상현과 정단오가 예상했던 시나리오는 따로 있었다.

정부가 며칠 전의 대형 사고를 어물쩍 덮으리라 예상했던 것이다.

그런데 예상과 달리 대통령이 대국민 사과문을 읽은 후 모종의 세력이 개입했음을 만천하에 알렸다.

그것도 개입했을지 모른다는 어조가 아니라 확신에 찬 강한 말투로 배후 세력의 존재를 주장했다.

어쩌면 국가신용도에 더욱 악영향을 줄 수도 있는 발언이다.

그럼에도 불구하고 이토록 강경하게 나온다는 건 지난 며칠 사이 청와대 내부에서 어떤 결론을 내렸다는 뜻이다.

그 결론은 원로회 한국지부로부터 나온 게 틀림없었다.

대통령이 언급한 검찰 경찰 외의 특별 수사본부는 원로회 한국지부의 사람들로 채워질 것이다.

물론 전면에 나서는 얼굴은 검경의 에이스들로 구성될 게 분명하다.

하지만 실제로 특별 수사본부를 지휘하는 인물은 원로회 출신일 것이 뻔했다.

대규모 정전과 대민 은행 본사가 무너진 건 단순히 원로회 한국지부에 대한 도전이 아니다.

한국지부와 결탁하고 선을 넘어버린 이 나라 정부와 공권력에 대한 도전이기도 했다.

그렇기에 원로회 한국지부와 청와대가 결단을 내린 것 같았다.

"특별 수사본부라. 대놓고 정부와 힘을 합쳐 우리를 쫓겠다는 건가. 재밌어지겠군."

정단오가 입꼬리를 살짝 말아 올렸다.

입은 웃고 있지만 눈동자는 더없이 차가웠기에 이지아가 깜짝 놀랄 정도였다.

그에게 많이 익숙해진 이지아도 문득 소름이 돋는 느낌을 받을 때가 있다.

수백 년의 세월을 거슬러 현실에 오롯이 존재하고 있는

정단오는 태생적으로 이질적일 수밖에 없는 사람이다.

스윽-.

정단오가 고개를 돌려 김상현의 갈색 눈동자를 응시했다.

"대민 은행의 타격으로 오성 그룹도 꽤 힘들어하고 있겠지."

"그렇습니다. 오성 그룹과 대민 은행의 밀월 관계를 모르는 사람은 없을 겁니다. 이미 후계자인 이정철의 낙마로 큰 타격을 입은 오성 그룹의 주가 역시 큰 폭으로 하락하고 있습니다. 다만 대민 은행의 여파에 감춰져 드러나지 않는 것뿐입니다."

"오성 그룹은 원로회 한국지부에 불법적인 자금을 조달해 더러운 거래를 했다. 한국 최고의 기업이라는 지위를 악용하며 황제처럼 살고 있는 오성 그룹 회장에게 이 정도 형벌은 약과다. 아들이 실성하고 주가가 폭락한 정도로는 부족하지 않겠나."

"그렇다면……."

"원로회 한국지부와 청와대가 예상보다 빨리 움직였다. 그럼 우리는 그들의 예상보다 더 빨리 움직여줘야지. 계획을 앞당기겠다, 김상현."

"오성 그룹의 뿌리를 흔들 수 있는, 그 계획 말씀이십니까?"

"달리 다른 계획이 있나?"

"아닙니다. 앞당겨 실행을 준비하도록 하겠습니다."

정단오는 만족한다는 듯 천천히 고개를 끄덕였다.

그는 대한민국 심장부인 강남 일대를 어둠으로 물들이고, 최고의 은행 본사를 무너트린 것으로 만족하지 않았다.

이제는 대한민국의 상징이나 다름없는 오성 그룹의 뿌리를 흔들려 하고 있었다.

흔히 오성이 망하면 한국이 망한다는 말이 있을 정도로 대한민국 경제에서 오성 그룹이 차지하는 비중은 상당하다.

그러나 정단오는 그따위 경제 지표를 고려하지 않았다.

썩은 부위가 있으면 도려낼 뿐이다.

설령 감당하기 힘든 혼돈이 닥쳐도 깨끗하고 새로운 미래의 기반을 마련해주는 게 진정 사랑하는 조국을 위한 길이라 믿었다.

이빨을 드러내 피 맛을 본 정단오라는 야수는 굶주림을 잊을 것 같지 않았다.

원로회 한국지부와 썩을 대로 썩은 대기업, 그리고 정부까지 집어삼킨 후에야 야수의 배가 채워질 모양이었다.

*　　*　　*

정단오와 이지아는 그동안 거처로 사용했던 평창동 저택을 떠났다.

쓰던 가구들은 헐값에 처분해 흔적을 남기지 않았고, 지하실도 처음 들어왔을 때처럼 깨끗하게 비웠다.

아직까지 평창동 저택이 노출될 염려는 없었다.

그러나 정부에서 특별 수사본부를 신설하는 등 분위기가 경색되고 있기에 미리 조심하려는 것이었다.

등잔 밑이 어둡다는 말이 진리임을 증명해준 평창동 저택은 참으로 고마운 공간이었다.

서울 시내 한복판에서 이처럼 프라이버시가 보장된 개인 주택도 드물 것이다.

정단오는 임시로 분당에 거처를 마련했다.

분당 역시 제2의 강남이라 불리는 대한민국의 중심지이다.

서울 근교의 위성 도시 중에서 가장 땅값이 비싼 곳으로 또 하나의 등잔 밑이라 할 수 있었다.

김상현은 경남 지역 최대 정보길드인 KI의 수장 강영식의 도움을 받았다.

강영식은 경남권에 뿌리를 두고 활동하지만 전국적으로 발이 넓었다.

그가 어둠의 경로로 도움을 준 덕분에 의심을 사지 않고 분당 수내동 주상복합 아파트 로열층을 임대했다.

강남의 펜트하우스나 평창동 저택에는 미치지 못해도, 분당 수내동 주상복합 아파트의 로열층 역시 어마어마하게 럭셔리한 장소다.

이런 곳을 임대하면서 어떤 추적도 받지 않는 김상현과 강영식의 수완 역시 놀라울 따름이었다.

하지만 대한민국에는 정부의 손이 닿지 않는 거래가 상상 이상으로 흔하게 널려 있다.

가까운 예로 자영업자 중에 세금 신고 제대로 하는 사람은 1%도 안 될 것이다.

치안이 좋은 대신 공권력의 거미줄이 촘촘하지 않기에 돈만 있으면 뭐든 하기 쉬웠다.

그리고 정단오에게 돈이란 썩어 남는 것이나 다름없다.

부산의 유물 야시장을 털며 얻은 돈뿐 아니라, 수백 년 동안 세계 각지에 투자해둔 것을 현금으로 바꾸면 미처 세기도 힘들 것이다.

게다가 공식적으로 정단오의 얼굴을 수배할 수 없다는 점 역시 은신에 큰 도움이 됐다.

현재 원로회 한국지부 내에는 정단오의 지금 얼굴을 정확히 알고 있는 사람이 없다.

대한제국 초기에 찍은 사진은 기록으로 남아있지만 그 시절의 사진으로 수배를 내릴 순 없는 노릇이다.

더구나 현재의 사진이 있다고 해도 능력자를 공개수배하는 건 불가능한 일이다.

자칫 잘못하면 능력자 세계의 존재가 현실에 완전히 드러나는 단초가 될지도 모르기 때문이다.

겉으로는 세계 원로회의 룰을 지키고 있는 한국지부가

그런 짓을 할 수는 없었다.

"와아― 여기도 좋아요."

이지아는 창문을 열며 어린아이처럼 즐거워했다.

수내동은 분당에서 가장 살기 좋은 곳으로 손꼽힌다.

카페 거리로 붐비는 정자동과는 다르게 철저히 주거 중심 구역이기 때문이다.

특히 아파트 하층부의 복합 시설에 대형 쇼핑몰과 .웬만한 상점, 식당이 다 있어 굳이 밖으로 나갈 필요가 없었다.

창문을 열면 잘 가꾼 공원이 보이는 현대식 주상복합은, 어쩌면 도시 중심에서 은신하기에 가장 적합한 장소인지도 모른다.

물론 웬만한 도망자들은 강남의 펜트하우스나 평창동 대저택, 그리고 분당의 주상복합 아파트를 쓸 수 있는 돈이 없을 것이다.

그렇기에 수사 우선순위에서도 제외되는 것이다.

대한민국에서 돈이 많은 지역일수록 치안은 좋고 공권력의 개입은 적다는 건 부정하기 힘든 사실이다.

정단오와 김상현이 은신처를 강남, 평창동, 분당으로 정한 것도 그러한 생리를 정확히 알고 있기 때문이었다.

"마음에 드십니까, 지아 씨?"

"네! 평창동과는 다르지만 처음 있었던 강남 펜트하우스보다는 훨씬 좋아요."

"지아 씨께서 마음에 들어 하시니 다행입니다."

"고생하셨어요."

"고생은요. 이번엔 지아 씨도 아는 강영식이란 친구가 고생을 했습니다."

김상현은 부드럽게 웃으며 KI의 수장인 강영식을 언급했다.

이지아는 정단오와 함께 남포동의 KI 사무실에서 강영식을 만난 적이 있기에 바로 고개를 끄덕였다.

"마스터께서는 어떠십니까?"

"생각보다 입지가 좋군. 은신하기에도, 생활하기에도 나쁘지 않을 것 같다."

"다음에 부산으로 가시면 강영식 그 친구에게 수고했다고 직접 말씀해주십시오. 좋아할 겁니다."

"그러도록 하지."

정단오는 강영식의 얼굴을 떠올렸다.

부산 유물 야시장을 일망타진하는 데 큰 도움을 줬던 정보길드의 수장이자 오랜 동료의 후손이었다.

부산과 경남에서 가장 영향력이 강한 능력자를 꼽자면 단연 강영식일 것이다.

하지만 그런 베테랑도 정단오 앞에서는 어린아이와 다름없었다.

정단오가 증조부인 강건평과 함께 찍은 사진을 보고 난 후 너무 놀라 벌벌 떨던 강영식의 표정이 어제 일처럼 생생했다.

"어차피 조만간 부산의 카드도 움직여야 할 터."

정단오는 강영식을 생각하며 지나가는 말투로 혼잣말을 읊조렸다.

그러나 김상현은 그의 말을 흘려듣지 않았다.

정단오는 서울에서 엄청난 일들을 연이어 벌이는 것으로도 모자라 부산의 동향까지 염두에 두고 있는 것이다.

늘 얼음장처럼 차가운 표정으로 포커페이스를 유지하는 정단오의 머릿속에는 수백 개의 시나리오가 살아 꿈틀거리고 있다.

'그 모든 시나리오의 엔딩은 대혼돈이겠지.'

김상현은 무서운 생각을 속으로 삼키며 다시 유쾌하게 웃었다.

그의 운명을 이끈 주인이 새로운 안식처를 찾은 날이다.

도시를 뒤덮을 어둠의 행렬은 이제 막 시작됐을 뿐이지만, 오늘은 햇빛 아래에서 환하게 웃어도 좋을 것 같았다.

5장
성을 무너트리기 위하여

쉬이이이-.

어쩐지 을씨년스러운 바람이 거리를 사납게 훑고 지나갔다.

서울에서 그리 멀지 않은 도시, 평택.

자동차로 1시간 30분이면 올 수 있는 곳이지만 분위기는 서울과 사뭇 달랐다.

도시 곳곳에는 그리 아름답지 않은 오래된 느낌이 묻어났다.

평택 미군기지의 영향 때문에 덩치 큰 미군과 그들을 대상으로 영업하는 유흥가도 도시의 미관을 헤치는 데 한몫을 했다.

그러나 평택 시민들의 평균 수입은 결코 낮지 않다.

낙후된 문화 환경과 도시 분위기와는 별개로 평균 수입만큼은 서울 부럽지 않은 정도였다.

이유는 간단했다.

울산이나 거제도가 대기업의 공장과 조선소로 평균 수입이 높은 것처럼, 평택 역시 오성 그룹의 반도체 공장이 있기 때문이다.

평택에 거주하는 시민은 정확히 둘로 나뉜다.

오성 그룹의 반도체 공장이 소속된 사람과 그렇지 못한 사람.

전자가 평택 평균 수입을 끌어올리며 물가를 올리는 역할을 하고, 후자에 속한 사람들은 반도체 공장 직원들 또는 미군들을 대상으로 장사를 하며 생계를 영위한다.

아무래도 오성 그룹의 반도체 공장을 비롯해 굵직한 공단이 들어선 도시이다 보니 유흥이 발달할 수밖에 없었다.

게다가 미군 기지까지 있으니 이제 서울에서는 찾아보기 힘든 양키 전용 술집까지 버젓이 남아있다.

이렇듯 문화 수준에 비해 비정상적으로 수입과 물가가 높고 유흥이 발달한 동네는 거칠어질 수밖에 없다.

"헤이! 컴온, 컴온!"

"휘유우—!"

미군들을 대상으로 영업하는 술집과 홍등가 밀집 구역에서는 어설픈 영어와 휘파람 소리가 뒤섞여 울렸다.

미군 외에도 평택 경제를 먹여 살리는 반도체 공장과 공단 노동자들도 질세라 금요일 밤을 즐기고 있었다.

다들 잔뜩 흥겨워 보이지만 어딘지 투박해 보이는 중소 공단 군부대 도시의 전형적인 풍경이었다.

그런데 오늘밤은 뭔가 달랐다.

아무도 눈치채지 못하고 있지만 이질적인 존재들이 평택에 스며들었기 때문이다.

"마스터, 진입 경로를 확보했습니다."

취객들에 뒤섞여 거리를 걷던 이질적 존재들이 하나둘 같은 공간으로 모여들었다.

김상현은 여느 때처럼 올 블랙 정장을 입은 정단오에게 다가와 조심스레 보고를 올렸다.

이번에 그들이 노리는 타깃은 평택의 오성 그룹 반도체 공장이다.

대민 은행의 본사를 쑥대밭으로 만들고 전산실을 붕괴시킨 걸로도 모자라 오성 그룹의 반도체 공장까지 노리는 것이다.

대민 은행 사건 이후 오성 그룹의 반도체 공장의 경비는 더욱 삼엄해졌다.

제2의 대민 은행 사고를 염려한 원로회 한국지부에서도 능력자들을 보내 경비에 도움을 주고 있을 것이다.

그러나 정단오는 조금도 개의치 않았다.

머릿속에 세워둔 시나리오대로 움직이는 데 거리낌이 없었다.

"보고해라, 김상현."

건물과 건물 사이 은밀한 구석에서 두 사람이 기밀을 주고받기 시작했다.

"공식적으로 증원된 경비 병력은 오십 명입니다. 오성과 단독 계약을 맺은 용역 업체에서 마흔 명, 그리고 청와대 직속으로 신설된 특별 수사본부에서 파견 나온 병력이 열 명입니다."

"그 열 명은 분명 능력자겠군."

"네, 마스터."

김상현은 재론의 여지가 없다는 듯 단호한 표정으로 고개를 끄덕였다.

대통령이 대국민 사과를 발표한 후 신설된 특별 수사본부, 줄여서 특수본은 원로회 한국지부가 공권력의 힘을 빌려 활동하기 위핸 위장막이었다.

이미 수많은 한국지부 능력자들이 특수본 소속으로 제약 없이 활동하며 정단오와 선비촌을 추적하고 있다.

물론 표면상으로는 능력자들이 일체 나서지 않지만 서류를 위조하는 것쯤은 일도 아니다.

오성 그룹의 평택 반도체 공장을 지키기 위해 파견된 특수본 열 명의 인력도 능력자일 가능성이 99% 이상이었다.

"자세한 신상은 파악되지 않았겠군."

"특수본에서 활동하는 한국지부 능력자들이 대부분 위조된 신분을 쓰기 때문에……"

"알겠다. 동선부터 듣도록 하지."

"정문을 통해 진입하는 건 좋은 방법이 아닐 것 같습니다. 근처에 군부대도 있기 때문에 최악의 경우 일이 너무 커질 우려도 있습니다. 대신 다른 진입 경로 두 개를 선택했습니다."

김상현은 어마어마한 규모를 자랑하는 오성 그룹의 평택 반도체 공장 전도를 머릿속에 달달 외우고 있었다.

뿐만 아니라 경비가 가장 삼엄한 정문을 지나치지 않고 내부로 잠입하는 경로까지 확보했다.

원로회 한국지부와 대한민국의 썩은 권력들을 상대로 전쟁을 벌이는 데 있어 김상현의 역할은 무척 중요했다.

그가 CIA를 나온 이후 손수 키운 조직을 이용해 고생을 하지 않으면, 이런 정보를 어디서 얻겠는가.

정단오가 더 빠르고 효율적으로 적들의 숨통을 조일 수 있는 것도 김상현 덕분이었다.

그에게서 진입 경로와 예상 소요 시간 등을 보고 받은 정단오는 눈빛으로 고마움을 전하며 입을 열었다.

"평택에 와있는 선비촌 후예들에게 일러라. 작전은 예정대로 진행한다. 김상현, 네가 선택한 두 개의 진입 경로를 모두 활용할 것이다."

"마스터께서는 어느 쪽을 택하시겠습니까?"

"당연히 더 어려운 쪽이다."

"알겠습니다. 선비촌 사람들에게도 그리 전하겠습니다.

그럼 나중에 다시 뵙겠습니다, 마스터."

"어둠이 더 짙어지면 다시 보지."

정단오는 가볍게 고개를 까닥거렸고, 김상현은 골목에서 나와 다시 취객들 틈으로 섞여 들어갔다.

평택 역시 서울처럼 불야성을 이루고 있었다.

흥청망청 술기운과 고성방가가 넘쳐나는 금요일 밤, 하지만 내일 아침이면 평택이라는 도시에도 짙은 암운이 드리울 것이다.

불멸의 지배자 정단오가 평택의 심장과 같은 오성 그룹의 반도체 공장을 비수로 겨누고 있기 때문이다.

한국 권력자들의 돈줄이자 원로회 한국지부의 든든한 버팀목이기도 한 오성 그룹을 쓰러트리려는 정단오의 행보에는 망설임이 없었다.

그는 오성 그룹이 타격을 입은 후 한국 경제에 불어닥칠 한파를 염려하지 않았다.

적장의 목을 베기 위해 적군들의 진영을 가로지르는 무사는 옆이나 뒤를 돌아보지 않는다.

오직 베어야 할 적장의 목만 노려보며 죽기 살기로 전진할 뿐이다.

수백 년의 세월이 흘렀지만 정단오는 처음 불멸의 권능을 얻게 됐을 때와 같은 마음을 먹고 있었다.

임진년.

왜적들이 조선의 국토를 유린하던 그때, 적장의 목을 자르기 위해 수천 명의 왜군들을 가로질러 달려가던 그 순간의 각오가 21세기에 다시 살아났다.

마음에 무엇보다 날카로운 칼을 품은 정단오가 평택에 들어온 이상 오성 그룹 반도체 공장의 운명도 뻔히 눈에 보이는 것 같았다.

* * *

스으으윽.

새벽 3시.

동이 트기까지는 3시간 정도가 남았다.

이 무렵이 하루 중에서 가장 적막하고 고요한 시간이다.

밤샘 근무를 하는 경비원들도 새벽 3시 무렵에는 집중력이 흐트러진다.

인간의 몸이 그렇게 세팅되었기에 어쩔 수 없는 현상이다.

금요일 밤의 열기로 끓어올랐던 평택의 밤거리도 제법 조용해졌다.

하지만 이 틈을 타 평택 시내 여기저기에 흩어져있던 그림자들이 하나 둘 모여들었다.

시내 중심부에서 떨어진 공단 지구, 그곳에서도 가장 넓은 면적을 차지하고 있는 오성 그룹 반도체 공장 주위로 그림자들이 집결하고 있었다.

그림자들의 정체는 선비촌 청년들이다.

김상현으로부터 CCTV의 동선을 전달받아 사각으로만 은밀히 움직인 청년들이 공단 곳곳에 자리를 잡았다.

이들은 정단오의 신호가 떨어지면 예정된 수순대로 곧장 행동을 시작 할 것이다.

"……."

오늘 평택에 모인 선비촌 청년들은 모두 일곱 명.

그들 중 누구도 먼저 입을 열지 않았다.

다들 표현은 안 해도 오성 그룹의 반도체 공장이 어떤 곳인지 알고 있기에 긴장을 하는 게 당연했다.

선비촌 청년들은 서울 한복판에서 대민 은행 본사를 무너트린 전력이 있다.

그렇기에 긴장감을 느끼면서도 자신들이 해야 할 바를 되뇌고 있었다.

두 개의 진입 경로 중 하나를 택해 최단 시간 안에 평택 공장 내부로 들어가는 게 우선 과제다.

청년들은 김상현에게서 전해 받은 진입 경로를 외우며 신호가 떨어지기만을 기다렸다.

이들의 눈빛에서는 결연한 의지가 느껴졌다.

유림본서를 얻으며 선비촌의 전체적인 능력이 강해졌고, 정단오와 함께 원로회 한국지부와 맞서 작전을 수행하며 다들 한 차원 높은 경지로 강해지고 있었다.

어쩌면 정단오는 선비촌의 청년들을 성장시키고 있는 건지도 모른다.

산골 오지에서 세상과 단절된 삶을 살던 청년들이 어느새 불가능해 보이는 임무를 척척 수행하는 프로페셔널한 모습을 보이고 있으니 말이다.

이 모든 것이 정단오의 안배라면 실로 무서운 일이다.

나날이 강해지는 선비촌은 정단오에게 천군만마와 같은 힘이 되어줄 터였다.

우웅ㅡ.

그때 선비촌 청년들이 품 안에 넣어둔 스마트 폰이 일제히 울리기 시작했다.

본인들만 느낄 수 있는 진동이지만 확실했다.

선비촌 청년과 스마트 폰은 전혀 어울리지 않는 조합이다.

하지만 현대 사회에서 이보다 효율적인 연락기기는 존재하지 않는다.

어차피 선비촌 청년들의 번호를 아는 사람은 아무도 없다.

정단오가 시기적절하게 진동으로 신호를 내리기 안성맞춤이었다.

처억ㅡ.

서로 눈을 마주친 선비촌 청년들이 고개를 끄덕였다.

신호를 받았으니 남은 건 하나, 머릿속으로 수백 번 넘게 되뇌었던 작전을 행동으로 옮기는 것뿐이다.

촤라라락!

오성 그룹 평택 공장 근처에 흩어져있던 선비촌 청년들
이 그림자를 타고 빠르게 움직였다.

거리에 설치된 CCTV의 동선은 예전에 파악해 놓은 지
오래다.

물 흐르듯 어둠을 가르고 나아가는 청년들의 동작에 막
힘이 없었다.

슈숙!

곧이어 선비촌 청년들이 평택 공장의 왼쪽 벽면에 모였
다.

3m는 족히 되는 담장을 넘기가 힘들어 보였지만 누구
하나 걱정하지 않았다.

일반인은 도움닫기나 손에 잡히는 지형 없이는 3m 담
장을 넘지 못한다.

하지만 여기 모인 청년들은 한국 유림의 전통을 계승한
선비촌의 능력자들이다.

그들은 경보 장치를 피해 담장을 넘을 수 있는 무궁무진
한 방법을 알고 있었다.

꽈악-!

청년들 중에서 두 명이 서로의 양손을 마주잡았다.

건장한 남자끼리 손을 맞잡은 채 눈을 질끈 감는 모습이
일견 우스워보였다.

하지만 곧이어 벌어질 이적은 조금도 우습지 않을 것이다.

"자유롭게 노니는 바람이여, 주인의 명을 받들어 창공을 노닐게 하는 발이 되어라—!"

한 구절의 시와 같은 진언이 끝나자 어김없이 놀라운 현상이 일어났다.

어딘가에서 강한 바람이 불어와 손을 맞잡은 청년 둘을 휘감았다.

흡사 바람의 정령이 자신을 소환한 주인에게 재롱을 피우는 것 같았다.

"흡—!"

여전히 손을 잡고 눈을 감은 선비촌 청년 두 명이 동시에 이를 꽉 깨물었다.

그러자 주변에 형성된 광폭한 바람이 일렬로 서있던 다른 청년들의 몸을 공중으로 띄웠다.

나머지 청년들은 당황하지 않고 바람에 몸을 맡겼다.

투명 엘리베이터를 탄 것처럼 갑자기 생성된 광폭한 바람이 청년들을 높이 띄운 것이다.

덕분에 선비촌 청년들은 3m가 넘는 담장을 아무런 방해 없이 말끔하게 넘었다.

만약 담장을 건드렸다면 그 즉시 센서가 작동되어 경보음이 울렸을 것이다.

하지만 3m보다 훨씬 높이 떠올라 사뿐히 바닥에 안착한 청년들은 어떤 제제도 받지 않았다.

경비원들이 외곽 순찰을 도는 시각과 공장 내부 CCTV
의 동선을 고려했기에 담장만 건드리지 않으면 아무 문제
가 없었다.

바람의 힘을 불러내 임무를 마친 청년 둘이 마지막으로
담장을 넘었다.

순식간에 높은 담장을 건너 뭉친 선비촌 청년들은 입술
을 굳게 다물고 공장 건물 안으로 침투했다.

오성 그룹의 평택 공장은 주요 반도체를 생산하는 핵심
공장이기에 부지의 규모가 어마어마하게 넓었다.

이곳에서 정확한 목표를 찾아 타격을 가하기 위해선 끝
까지 집중력을 잃지 말아야 한다.

대민 은행 본사에서 전산실을 지하로 꺼트린 것보다 훨
씬 어려운 미션이었다.

무엇보다 특별 수사본부라는 이름하에 파견된 원로회 한
국지부 능력자들의 존재가 껄끄러웠다.

하지만 선비촌 청년들은 염려하는 얼굴이 아니었다.

자신들의 반대편 진입 경로에서 불멸의 지배자, 이터널
마스터 정단오가 오고 있다는 걸 알기 때문이다.

한계를 모르는 절대적 사신과 함께라면 무엇도 두렵지
않다.

공장 내부로 침투하는 선비촌 청년들의 눈동자에서 정단
오를 향한 굳은 신뢰가 일렁거리고 있었다.

선비촌 청년들은 바람의 힘을 이용해 평택 공장의 높은 담장을 뛰어넘었다.

하지만 정단오는 군이 바람을 부릴 필요도 없었다.

선비촌 청년들이 진입한 곳과는 반대편 담장에 도착한 그는 고개를 들어 높이를 가늠했다.

이곳 역시 3m 이상의 담장이 서있었고, 더 많은 CCTV와 경비 인원이 지나다니는 곳이다.

진입 난이도가 더 높은 곳을 선택한 정단오는 어둠 속에서 말없이 고개를 좌우로 꺾었다.

우드득.

가볍게 몸을 푼 그가 허리를 약간 숙였다.

이윽고 정단오가 두 발로 땅을 박차며 하늘 높이 떠올랐다.

콰악— 파아앗!

제자리에서 점프했다는 걸 믿을 수 없을 정도의 엄청난 도약이었다.

가뿐하게 3m 높이의 담장을 지나쳐 공장 안쪽에 착지한 정단오가 눈을 날카롭게 번뜩였다.

멀지 않은 곳에서 여러 명의 인기척이 느껴졌다.

확실히 경비가 강한 구역답게 순찰이 주기적으로 이뤄지는 것 같았다.

지금쯤 선비촌 청년들이 반대편 담장을 넘었을 터, 정단오도 소란을 일으키지 않고 공장 내부로 침투해야 한다.

오성 그룹의 평택 공장에는 원로회 한국지부가 만든 특수본 소속 열 명의 능력자들이 와 있다.

어차피 큰 소란이 나게 돼 있지만 그 시기를 늦춰야 시간을 벌 수 있는 것이다.

정단오는 예민한 감각으로 인기척의 방향을 감지하며 자세를 낮춘 채 몸을 움직였다.

담장에서 공터를 지나 공장 건물까지는 꽤 거리가 멀었다.

아무리 어두운 새벽이라도 보통 사람이 달려가다간 금방 경비원의 눈에 걸릴 것이다.

하지만 정단오는 언제나 상식을 초월하는 존재였다.

소리를 죽이며 땅을 밟는 그의 몸은 순간적으로 총알 탄환보다 빠르게 움직이고 있었다.

파바밧!

축지법을 쓴 듯 순식간에 공간을 도약한 정단오가 공장 건물에 다다랐다.

그가 넓은 공터를 가로질러 건물 입구에 딱 붙자마자 경비 병력이 담장 근처를 순찰했다.

"별거 없지?"

"당연히 없지. 이 구석까지 누가 뭘 주워 먹으러 오겠어."

"그런데 왜 요즘 위에서 호들갑을 떠는 거야?"

"낸들 아나. 연례행사로 지랄들 하면서 군기 잡는 거겠지."

플래시를 비추며 담장 여기저기를 확인하는 경비원들의 목소리가 들렸다.

그들은 요즘 들어 부쩍 강화된 경비 지침에 짜증이 나 있는 것 같았다.

아무래도 원로회 한국지부의 압박으로 신설된 특별수사본부에서 오성 그룹 평택 공장을 요충지로 생각한 것 같았다.

그러나 내막을 모르는 일반 경비원들에겐 괜한 호들갑으로 여겨질 뿐이었다.

정단오는 공장 건물에 박쥐처럼 달라붙어 경비원들이 완전히 지나가길 기다렸다.

지금쯤이면 반대편 담장을 넘은 선비촌 청년들도 공장 건물에 침투하고 있을 것이다.

건물 안으로 들어서면 어쩔 수 없이 소란이 나게 돼 있다.

경보 장치가 발동하면 평택에 내려온 특수본 소속 능력자 열 명을 쓰러트리고 목적을 이뤄내야 한다.

근처의 군부대나 경찰에서 출동하기 전까지 임무를 완수하려면 촉박한 시간을 효율적으로 쓰는 수밖에 없다.

"시작해보지."

스스로에게 신호를 주듯 혼잣말을 읊조린 정단오가 몸을 돌렸다.

굳게 잠긴 철문에는 여러 겹의 보안 장치가 돼 있었다.

비밀번호를 누르고 직원 카드를 인식시켜야만 공장 건물 안으로 들어갈 수 있는 시스템이다.

그러나 정단오는 보안 장치 따위에 굴할 사람이 아니었다.

곧이어 모든 시스템을 파괴하기 위한 불멸자의 진면목이 드러났다.

콰직!

콰드드득-!

덤덤하게 철문의 고리를 잡은 정단오가 강철을 종이 찢듯 가볍게 뜯어버렸다.

너무도 손쉽게 펑탱 공장의 문을 열어젖힌 정단오가 성큼성큼 안으로 들어섰다.

불이 꺼져 어두컴컴한 공장 실내의 복도는 미로처럼 어지럽게 얽혀 있었다.

어마어마한 규모의 건물이기에 모르는 사람은 길을 찾기도 힘들다.

그 와중에 경비 장치가 요란스레 작동했다.

삐이이이- 삐이이이이!

위이잉-! 위이잉-!

그야말로 호들갑스러운 사이렌 소리는 침입자의 동작을

위축시키기 충분했다.

하지만 정단오는 입가에 비웃음을 머금으며 거침없이 나아갔다.

마침 선비촌 청년들도 공장 건물 내부로 침투했는지 사이렌 소리가 더 커진 것 같았다.

양방향에서 동시에 울리는 사이렌이 고요한 평택 공장을 일깨웠다.

이제 주어진 시간은 15분 남짓.

그 안에 목표를 이루고 평택이라는 외딴섬과 같은 도시를 벗어나야 한다.

자칫 느지막이 출동한 군부대나 경찰과 마주치면 더 큰 일을 벌여야 한다.

물론 군대나 경찰이 무서운 건 아니었다.

다만 아직 정부 휘하의 공권력과 정면으로 부딪칠 시기는 아니기에 조심을 하는 것뿐이다.

'반도체 설비 시스템!'

정단오는 뚜렷한 목표를 되뇌었다.

평택 공장 중심부의 반도체 설비 시스템을 무력화시키는 것이 이번 침투의 목표다.

대민 은행의 전산실을 땅 속에 묻은 것 이상의 충격파를 만들 일이었다.

정단오는 요란한 사이렌 소리를 배경음악 삼아 어두운 복도를 가로질렀다.

김상현이 구해준 평택 공장 설계도를 외웠기에 복잡한 구조에도 길을 잃지 않았다.

　문제는 사이렌 소리를 듣고 움직이기 시작한 경비 병력이다.

　일반인들로 이뤄진 평택 공장 경비 팀은 조금도 신경 쓰이지 않았다.

　다만 원로회 한국지부가 주축이 되어 만든 특수본 소속 능력자들이 변수였다.

　특수본에서 열 명이 평택 공장에 내려왔다고 한다.

　만약 그들 때문에 시간을 끌게 되면 여러모로 일이 지저분해질 가능성이 있었다.

　'오고 있군.'

　아니나 다를까, 반도체 설비 시스템을 향해 나아가는 정단오는 날카롭게 벼려진 기운을 느꼈다.

　그가 움직이는 이동 경로로 능력자들이 모여들고 있었다.

　반대편에서 공장으로 침투한 선비촌 청년들 역시 비슷한 상황을 마주하게 될 것이다.

　그는 특수본에서 파견된 능력자들이 전혀 두렵지 않았다.

　문제는 시간 싸움이다.

　지금부터는 일 초, 일 초를 헛되게 쓸 수 없다.

　어두운 공장의 복도에서 정단오의 눈동자가 형형하게 빛나고 있었다.

*　　*　　*

우웅— 우우웅—.

김상현이 건네준 루트를 따라 평택 공장 중심부로 나아가던 선비촌 청년들이 걸음을 멈췄다.

갑자기 공기를 떨어 울리는 공명음이 들리며 예사롭지 않은 기운이 증폭됐기 때문이다.

선비촌 청년들은 원로회 한국지부에서 특수본을 만들었다는 걸 알고 있었다.

그 특수본 소속의 요원 열 명이 평택 공장에 왔다는 것 역시 들었다.

그렇지만 알고 있다고 해서 덤덤할 수 있는 건 아니었다.

수백 년의 세월을 겪은 정단오와 달리 이들은 평생을 강원도 오지에서 보낸 순박한 청년들이다.

아티팩트 보관소를 무너트리며 실전 경험을 쌓았지만, 여전히 채워 나가야 할 부분이 많았다.

복도에 멈춰선 청년들의 얼굴에서 긴장감이 느껴졌다.

"정신일도 하사불성."

선두에서 나머지를 이끌던 리더 격 청년이 입을 열었다.

정신을 하나로 모으면 이루지 못할 일이 없다는 격언을 건조하게 내뱉은 그가 동료들을 다독였다.

그렇다.

비록 경험은 일천할지라도 선비촌의 능력은 결코 만만하

지 않다.

유림본서를 얻으며 한계를 뛰어 넘은 선비촌 청년들의 눈이 깊게 가라앉았다.

우우우웅—!

이윽고 공명음이 고막을 때릴 듯 커지며 복도 끝에서 낯선 형체가 나타났다.

특수본, 정확히 말하면 원로회 한국지부에서 파견된 세 명의 능력자가 길을 가로막은 것이다.

열 명이 평택으로 왔으니 일곱은 정단오에게 간 셈이다.

겨우 셋도 처리하지 못하면 정단오와 함께 다닐 면목이 서지 않는다.

선비촌 청년들은 입술을 질끈 깨물고 앞을 노려봤다.

시간이 급박했기에, 한가롭게 통성명 따윌 나눌 틈도 없었다.

"주인 앞에서 갈라질 지어다—!"

청년들을 다독였던 리더가 선두에 나서며 진언을 외쳤다.

두 손을 활짝 핀 채로 진언을 외치자 눈앞의 복도가 양쪽으로 쩌억 갈라졌다.

갑자기 바닥이 흔들리며 갈라지자 자신만만한 얼굴로 나타난 세 명의 능력자도 놀란 것 같았다.

하지만 이게 끝이 아니다.

어느새 선비촌 청년 네 명이 서로의 손을 맞잡고 더욱 강력한 능력을 함께 발동시켰다.

"벌어진 대지의 입술에서……."

"영겁의 불길이 치솟을지니-!"

넷이 힘을 합해 지옥의 불꽃을 불러냈다.

쩍 갈라진 복도 바닥 아래에서 시퍼런 불길이 치솟아 세 명의 능력자를 덮쳤다.

한 점의 군더더기도 찾기 힘든 완벽한 연계 공격이 순식간에 평택 공장 복도를 뒤덮었다.

고작 10초 안에 일어난 일이었지만 천지를 경동케 하기 충분한 장면이었다.

열 명가량의 선비촌 청년들은 기대 어린 시선으로 전방을 주시했다.

기세등등하게 나타난 세 명의 적들이 불꽃에 휩싸여 재가 되어 있기를 바랐다.

하지만 아쉽게도 상대는 그리 호락호락하지 않았다.

툭툭!

갈라진 복도 너머로 세 명의 건장한 남자들이 옷을 털고 서있었다.

마치 불장난이라도 했다는 듯 비웃음을 머금은 얼굴이었다.

"원로들께서 선비촌인가 뭔가 만만치 않는 놈들이라 하셨는데… 이거 원 실망이 크군."

가운데 선 남자가 선비촌 청년들을 노려보며 이죽거렸다.

원로회 한국지부가 정단오와 선비촌을 잡기 위해 작심하

고 만든 특수본 소속의 능력자들은 확실히 어중이떠중이가 아니었다.

고개를 꺾으며 갈라진 복도 양옆에 붙어 다가오는 셋에게서 무시 못 할 기세가 피어났다.

그러나 선비촌 청년들도 강원도 오지에 틀어박혀 있던 시절과는 달랐다.

불멸의 지배자, 이터널 마스터 정단오와 함께 다니며 새로운 차원에 눈을 뜬 것이다.

처억―!

다른 청년들을 독려하는 리더가 눈을 크게 뜨며 입술을 열었다.

"우리에게 남은 시간은 12분. 앞으로 5분 안에 적들을 쓰러트리고 목적지로 나아간다. 알겠나, 형제들이여."

그의 말을 들은 선비촌 청년들이 다시금 활화산 같은 기운을 일으켰다.

선비촌 청년들은 평생을 오지에 박혀있던 형벌과 같은 운명을 극복하기 위해 누구보다 강렬한 의지로 정단오를 따르고 있었다.

그들의 각오는 평택 공장을 지키기 위해 내려온 특수본의 능력자들에 뒤지지 않았다.

"입만 살았군, 애송이들."

그러나 특수본의 능력자들은 선비촌 청년들의 각오를 비웃으며 반격을 개시했다.

순식간에 반으로 갈라진 복도를 가로질러 허공에 뜬 그들 셋이 일제히 주먹을 내질렀다.

곧이어 셋의 주먹에서 무형의 기파가 뿜어져 청년들을 덮쳤다.

우우우웅—.

퍼엉!

강렬한 공명음과 함께, 파도처럼 거센 기파가 열 명을 때렸다.

선두에서 기파를 몸으로 받아낸 청년들의 안색이 하얗게 변했다.

특수본의 능력자 세 명은 정단오의 백보신권과는 또 다른 형태의 권기(拳氣)를 극한까지 익혔다.

맨주먹으로 태산을 무너트리는 권맥의 진성 후예들이 모습을 드러낸 것이다.

대민 은행 이후 정단오가 오성 그룹 평택 공장을 노릴 거라고 예상이라도 한 것일까.

원로회에서 아껴둔 인재들을 대거 평택으로 내려 보낸 특수본의 대응이 예사롭지 않았다.

"이번에도 막아봐, 애송이들."

건장한 사내 셋이 비슷한 조소를 띠우며 계속해서 이죽거리기를 멈추지 않았다.

선비촌 청년들 가까이 착지한 그들이 다시금 주먹을 내질렀다.

자세를 바로잡고 쏘아낸 정권이라 이전보다 더 강렬한 기운이 생성됐다.

후우웅—.

퍼퍼퍼퍼펑!

허공에서 보이지 않는 기운이 연달아 터지며 선비촌 청년들을 때렸다.

무형의 권기지만 거대한 망치로 몸을 때리는 파괴력이 느껴졌다.

"쿨럭!"

양팔을 교차시킨 채 선두에서 권기를 막아낸 청년들이 기어코 피를 토해냈다.

하지만 선비촌 청년들도 당하고 있지만은 않았다.

앞쪽의 동료가 권기를 막아준 동안 뒤에서 진언을 외운 것이다.

살을 내주고 뼈를 취하는 것이 바로 이와 같았다.

"바람이 모든 반역자들을 짓누르리라—!"

어디선가 불어온 바람, 아니 작은 태풍이 특수본 능력자 세 명의 몸을 짓눌렀다.

족히 몇 톤은 될 법한 풍압(風壓)은 권기를 내뿜고 기세 등등해있던 능력자들을 휘청거리게 만들었다.

자세가 무너져 흔들렸다는 것은 곧 빈틈이다.

선비촌 청년들은 모두 열 명. 선두에서 권기를 막은 청년들과 바람의 힘을 불러낸 청년들 외에도 남은 이들이 있었다.

그들이 마지막 결정타를 날렸다.

"다시 한 번 영겁의 불길이여!"

갈라진 복도 깊은 곳에서 또다시 시퍼런 불꽃이 치솟았다.

바람에 짓눌려 자세가 무너진 능력자들의 등 뒤에서 치솟은 불길은 아까보다 훨씬 위협적이었다.

권기를 막아내고 바람과 불의 힘을 부르는 것까지 고작 몇 초 사이에 이뤄진 완벽한 연계였다.

어수룩해 보이는 선비촌 청년들을 비웃던 그들의 얼굴도 딱딱하게 굳었다.

화아아아악―!

지옥에서 솟은 듯한 영겁의 불꽃이 원로회 한국지부가 자랑하는 권술사 세 명의 온몸을 집어삼켰다.

피를 토한 청년들과 그 뒤에서 탈진할 만큼 기력을 쏟아내며 진언을 외운 청년들의 의지도 불꽃처럼 뜨겁게 타올랐다.

오성 그룹 평택 공장에 비수를 꽂기 위해 나아가는 길에서 선비촌 청년들은 다시금 한계를 돌파하고 있었다.

6장
타오르는 돈의 성

평택 공장은 그 자체로 하나의 성(城)이라 부를 만했다.

수천 명의 직원이 근무하며 오성 그룹의 핵심 분야인 반도체 개발을 담당하는 컨트롤 타워이기 때문이다.

어마어마한 공장 규모도 그 위상과 걸맞았다.

때문에 복도의 넓이 역시 일반 건물과는 달랐다.

정단오의 눈앞에 일곱 명의 능력자가 서있어도 복도가 좁다는 느낌이 들지 않았다.

원로회 한국지부에서는 특수본을 만들어 공공연하게 정단오를 추적하고 있다.

대민 은행 사건을 일으킨 테러리스트를 잡는다는 게 대외적인 목표지만 눈 가리고 아웅일 뿐이다.

실상 특수본은 원로회가 공권력과 결탁해 좀 더 편하게

능력자들을 활동시키며 정단오를 추적하기 위한 장치였다.

가면 역할을 하는 일반인들을 제외하면 특수본 소속이란 건 곧 원로회 한국지부의 정예 멤버라는 뜻이다.

그렇기에 전설로만 회자되던 이터널 마스터 정단오를 눈앞에 두고도 일곱 명은 당황한 기색이 없었다.

기록에 남겨진 정단오의 기적 같은 무용담도, 도광 옥천호와 정예 능력자 스무 명을 쓰러트린 일도 피부로 와 닿지 않는 것이다.

옥천호가 당한 건 비겁하게 폭탄을 썼기 때문이라 생각하는 모양이었다.

"이거 어쩌나, 여기엔 폭탄이 없어서. 안 그래? 이터널 마스터 나으리."

일곱 명의 중앙에 선 사내가 하얀 이를 드러내며 웃었다.

감히 정단오를 비웃을 수 있다니, 이것이 작금의 원로회 한국지부가 가진 한계다.

그들은 아티팩트 보관소가 무너지고 도광 옥천호라는 걸출한 능력자를 잃은 후에도 아직 정단오라는 적의 실체를 직시하지 못했다.

지피지기면 백전백승이라 했는데 원로회 한국지부는 그렇게 당하고도 여태껏 지피지기가 안 되는 것이다.

선조들이 만들어준 평화로운 세월을 누리며, 오만한 태도로 과실만 따먹은 결과가 이것이다.

정단오는 무감정한 눈빛으로 일곱 명을 쳐다봤다.

외형을 보는 것만으로도 상대가 대략 어떤 능력을 소유했는지 알 수 있었다.

눈빛, 체형, 몸에서 뿜어지는 기운이 생각보다 많은 정보를 전달해주기 때문이다.

'강화형 능력자가 세 명, 나머지 넷은 소환이나 오행을 다루겠군.'

체형과 기운으로 일곱 명의 능력을 간파한 정단오가 입을 열었다.

"시간이 없으니 한번에 덤비도록 해라."

"하ㅡ!"

오만하기 짝이 없는 정단오의 말에 일곱 명이 황당하다는 표정을 지었다.

먼저 나서서 정단오를 비웃었던 사내가 목을 좌우로 꺾으며 한 걸음 앞으로 나왔다.

"이봐, 이터널 마스터 나으리. 운 좋게 아티팩트 보관소를 무너트리고 폭탄을 이용해서 도광 선배를 잡아놓고 기세등등하신가 본데…… 죽어라고 오래 살기만 하면서 배운게 별로 없나 봐?"

"하하하!"

불멸의 권능을 조롱하자 뒤에 있는 능력자들이 일제히 웃음을 터트렸다.

그들 중에는 여리여리한 체형의 여자와 앳된 얼굴의 소

년도 섞여 있었다.

건장한 체격의 남자 셋이 육체를 강화시켜 싸우는 인파이터 형태의 능력자였고, 여자와 소년들로 구성된 나머지 넷이 소환술과 오행의 힘을 빌려 싸우는 능력자들이었다.

정단오는 다시 한 번 그들 전체를 훑어본 뒤 입술을 달싹였다.

"1분."

"뭐라고?"

"너희 모두를 쓰러트리는 데 쓸 시간이다."

1분, 그러니까 60초 안에 무려 일곱 명의 능력자를 쓰러트리겠다고 공언한 정단오가 몸을 날렸다.

순식간에 공간을 꿰뚫고 달려 나간 그가 일곱 명의 능력자 코앞에 다다랐다.

예기치 못한 쇄도였지만 강화형 능력자 셋이 전방을 막았다.

강철보다 단단해진 세 명이 서로의 팔을 교차시키며 정단오의 질주를 막아섰다.

하지만 결과는 참담했다.

콰앙―!

짧고 굵은 폭발음이 울렸다.

어디에서도 폭탄은 터지지 않았다.

다만 곧게 내뻗은 정단오의 주먹에서 다이너마이트보다 강력한 힘이 폭발했을 따름이다.

콰당탕-.

퍼억!

털썩

요란한 효과음과 함께 앞을 막아선 세 명의 몸뚱이가 저만치 날아가 벽에 처박힌 후 굴러 떨어졌다.

자신만만한 얼굴로 정단오를 도발하던 사내 역시 의식을 잃고 축 늘어져 있었다.

전광석화와 같은 쇄도에 이어 한 번의 정권으로 강화형 능력자 셋을 날려버렸다.

듣도 보도 못한 상황에 남은 네 명의 특수본 능력자들이 눈을 부릅떴다.

하지만 그들도 당하고 있을 수만은 없다는 듯 재빨리 정신을 집중했다.

든든하게 탱커 역할을 해주는 강화형 능력자 셋이 어이없이 당했지만 핵심 딜러 역할은 원래 소환술이나 오행을 다루는 능력자들의 몫이다.

그들은 강력하고 파괴적인 능력으로 단번에 정단오를 제압하겠다는 희망을 버리지 않았다.

번쩍!

일시적으로 눈을 멀게 만드는 섬광이 작렬했다.

정단오도 안구를 보호하기 위해 눈을 감았다.

그 순간, 흐릿한 기운이 정단오의 몸을 감싸는 게 느껴졌다.

사실 정단오 정도의 능력자는 두 눈을 감아도 거동에 아무런 불편함을 못 느낀다.

시각보다 훨씬 발달한 감각이 육체를 인도해주기 때문이다.

타악!

정단오가 하얀 손을 뻗어 흐릿한 기운을 틀어잡았다.

이윽고 눈을 뜬 그의 시야에 검은 연기로 만들어진 아나콘다가 보였다.

섬광에 이어 소환술로 맹독을 지닌 거대한 흑사(黑蛇)를 불러낸 것까진 좋았다.

하지만 정단오의 하얀 손에 붙잡힌 검은 뱀은 부들부들 떨며 힘을 못 썼다.

"이게 다인가?"

한심하다는 듯 묻는 정단오를 향해 연달아 능력이 발휘됐다.

파아악!

공간이 열린 틈새에서 한 줄기 하얀 뇌전이 화살처럼 쏘아졌다.

화르르륵―.

뇌전 다음은 불꽃이었다.

정단오의 발밑에서 치솟은 불꽃이 그를 삼키기 위해 입을 벌렸다.

그러나 정단오는 눈빛 하나 흔들리지 않았다.

툭!

무심하게 팔을 들어 맨몸으로 뇌전을 막아낸 그는 담배 꽁초를 짓밟듯 발을 굴려 솟아오르는 불꽃을 꺼트렸다.

쏴아아아아.

너무도 허망하게 뇌전과 불꽃이 사그라들었다.

다른 사람이 정단오처럼 했다간 팔 전체가 뇌전에 감전 되고 하반신이 활활 불탔을 것이다.

하지만 야심차게 쏘아진 뇌전과 불꽃은 정단오의 몸을 침범하지 못했다.

생전 보지 못한 어이없는 광경에 특수본 능력자 네 명이 입을 쩍 벌렸다.

맨몸으로 그들이 자랑하는 소환술과 오행의 힘을 무력화 시키는 사람은 처음이었다.

정단오는 옷에 묻은 뇌전과 불꽃의 그을음을 털어내며 무감정한 말을 내뱉었다.

"1분 됐다. 쓰러져라."

자기 입으로 내뱉을 약속을 다시 언급한 그의 몸이 갑자 기 사라졌다.

슈욱―.

이윽고 검은 정장을 입은 정단오가 귀신처럼 능력자 넷 의 눈앞에 솟아났다.

너무 빨리 움직여 마치 공간을 뛰어넘은 것 같았다.

퍽!

퍼퍼퍽-!

자비 없는 주먹이 넷의 얼굴을 후려쳤다.

끈 떨어진 연처럼 사방으로 날아간 네 명의 능력자가 의식을 잃고 축 늘어졌다.

처음부터 나가떨어진 강화형 능력자 세 명과 마찬가지인 운명이 된 것이다.

정단오는 그들을 돌아보지 않고 제 갈 길을 걸어갔다.

공언한 것처럼 1분이 채 지나기 전에 무려 일곱 명의 특수본 능력자를 쓰러트렸다.

원로회 한국지부의 비밀 병기들이라고 해도 정단오의 1분조차 빼앗을 수 없었다.

저벅저벅.

쓰러진 능력자들을 남겨두고 복도 저편으로 걸어가는 정단오의 발소리만이 평택 공장을 가득 채우고 있었다.

* * *

꽈아앙-.

굳게 닫힌 문이 종잇장처럼 찢어지며 볼품없이 떨어져 나갔다.

강철문을 무용지물로 만든 정단오는 머지않아 반대편 문이 부서지는 걸 목도했다.

콰앙!

반대편 보안 시스템과 강철문을 부순 사람들은 선비촌 청년들이었다.

그들은 평택 공장 안에서 특수본 능력자들과 싸우며 지친 기색이 보였지만, 정단오를 보자마자 환하게 웃었다.

자신들이 늦지 않았다는 것, 짐이 되지 않았다는 사실에 안도한 것이다.

"도착했습니다!"

"잘 왔다."

짧은 말로 선비촌 청년들을 칭찬한 정단오가 고개를 끄덕였다.

그들이 당도한 곳은 오성 그룹 평택 공장의 중심부에 위치한 반도체 개발 시스템실이다.

오성 그룹의 주력 사업인 반도체 개발 연구 자료와 성과들이 모여 있는 곳으로 은행의 전산실에 해당하는 장소였다.

본사 건물이 뻥 뚫리고 전산실이 땅 밑으로 무너진 대민 은행은 아직도 피해를 복구하지 못하고 있다.

아마 대형 은행으로서는 유례없이 파산을 내고 다른 금융사에 헐값에 넘겨질지 모른다.

대민 은행과 막역한 관계를 유지하던 오성 그룹도 후폭풍으로 만만찮은 피해를 입어야만 했다.

그러나 평택 공장의 반도체 개발 시스템이 완전히 나가 버리면 그때와는 비교도 할 수 없는 재앙이 될 것이다.

오성 그룹의 주력 사업이자 미래 동력인 반도체 개발의 주요 노하우와 연구 결과 데이터가 사라지는 건 돈으로 따질 수 없는 피해다.

거기다 평택 공장이 뻥 뚫렸다는 것 자체도 오성 그룹의 신뢰도에 악영향을 끼칠 터, 세계적인 대기업으로 성장한 오성 그룹이지만 이번 일로 그룹의 존망이 위태로워질지도 모른다.

정단오는 상대의 약점을 잘 알고 있었고, 예상보다 빠른 시기에 예상하지 못한 방법으로 목줄을 물어뜯었다.

대민 은행 전산실을 쑥대밭으로 만든 후 그가 다음 타깃으로 어디를 노릴지 모르는 원로회는 여기저기 전력을 분산시킬 수밖에 없었다.

평택 공장에도 내로라하는 열 명의 특수본 능력자들을 배치했지만 역부족이었다.

만약 원로회 한국지부가 정단오의 동선을 확신했다면 모든 전력을 평택에 집결시켰을 것이다.

하지만 그들은 아직까지 정단오의 행동 패턴을 읽어내지 못하고 있었다.

화르륵—.

화아아아아악!

정단오는 팔짱을 끼고 선비촌 청년들이 불러낸 화염이 평택 공장 반도체 개발 시스템실을 불태우는 걸 지켜봤다.

수천억, 아니 수조 원 가치의 연구 자료와 데이터들이

불에 타고 있다는 게 실감났다.

주요 자료는 또 어딘가에 백업이 되어 있겠지만, 오성 그룹의 주력 사업인 반도체 개발은 어마어마한 암초에 부딪치고 말았다.

평택 공장이 뚫리고 반도체 개발실이 불에 탄 게 알려지면 그날로 오성 그룹 전 계열사의 주가가 폭락할 것이다.

대민 은행 사건 이후 국가신용도가 하락한 것과는 비교하기 힘든 핵폭탄급 후폭풍이 몰아칠 게 분명했다.

"후우—."

잠자코 서있던 정단오가 팔짱을 풀고 한숨을 들이마셨다.

곧이어 오른팔을 위로 든 그가 눈을 지그시 감았다.

잠깐의 집중이 끝났고, 정단오가 주저앉으며 높이 들었던 오른손을 바닥에 내리쳤다.

꽈앙!

파파파파파팍!

그의 손을 중심으로 엄청난 에너지가 폭발하며 사방을 집어삼켰다.

반대편에서 불꽃을 불러낸 선비촌 청년들이 깜짝 놀라 뒷걸음질 칠 정도였다.

캉— 카캉!

퍼퍼퍼펑!

엄청나게 넓은 규모의 반도체 개발 시스템실이 불규칙적

으로 터지는 폭발에 휩싸였다.

선비촌 청년들이 만들어낸 불길은 정단오가 일으킨 폭발과 맞물려 더욱 성을 냈다.

"이 정도면 충분하다. 시간이 됐군."

정단오가 반대편에 서있는 청년들에게 지시를 내렸다.

애초에 계획했던 대로 촉박한 시간 안에 평택 공장에 침투해 목표를 이뤄냈다.

이제 무사히 빠져나가는 일만 남았다.

정단오는 선비촌 청년들을 응시하며 구체적으로 주의를 줬다.

"경비원들을 만나면 죽일 필요까진 없다. 능력자들과 다른 이들에게 살수를 쓰는 건 최대한 자제하도록."

"알겠습니다."

"먼저들 나가도록 해라."

"그럼……?"

"내 걱정은 할 필요 없다. 김상현을 통해 다시 보도록 하지."

처억-.

열 명가량의 선비촌 청년들은 정단오에게 고개를 숙이고 몸을 돌렸다.

기실 선비촌 사람들에게 정단오는 철저한 이방인이다.

하지만 강원도 오지에서 숨어살아야 하는 운명을 거부할 수 있게 만들어준 은인이기도 하다.

어느새 선비촌 청년들은 정단오를 진심으로 믿고 따르고 있었다.

임무를 마친 선비촌 청년들은 어렵지 않게 평택 공장을 빠져나가 김상현이 준비해둔 차를 타고 은신처로 돌아갈 수 있을 것이다.

그러나 정단오는 그들이 무사히 빠져나갈 수 있는 틈을 벌어줘야 한다.

계속해서 울리고 있는 사이렌 소리와 불타는 반도체 개발 시스템실로 몰려드는 경비원들, 그리고 어쩌면 출동했을지 모를 근처 군부대의 비상 병력까지 모두 정단오의 몫이었다.

목표는 이뤘지만 평택에서의 싸움은 아직 끝나지 않았다.

화염과 폭발에 휩싸여 잿더미가 된 반도체 개발 시스템실을 등지고 걸어 나온 정단오는 남은 싸움을 혼자서 책임질 것이다.

언제나처럼 고독하게, 그리고 언제나처럼 완벽하게.

*　　*　　*

정단오는 일부러 소란을 일으키며 공장 밖으로 빠져나왔다.

은밀하고 빠르게 내부로 침투할 때와는 완전히 다른 모

습이었다.

물론 이유가 있었다.

경비원들의 이목을 자신에게 집중시켜 선비촌 청년들을 안전하게 빼내기 위함이었다.

특수본 소속 능력자 열 명이 쓰러진 이상, 남은 경비원들은 위협이 못 된다.

그래도 경험 많은 정단오가 뒷정리를 담당하는 게 속이 편했다.

언제 어디서 뜻밖의 변수가 발생할지 모르기 때문이다.

"저기다, 저쪽이다!"

삐익- 삐이익-.

정단오를 발견한 경비원들이 호각을 불며 모여들었다.

공장 건물 전체를 시끄럽게 만들고 있는 사이렌 소리는 아직도 잦아들지 않았다.

이제 막 데드라인으로 정해둔 15분이 다 됐다.

조금 있으면 근처의 군부대나 경찰서에서 병력이 파견될지도 모른다.

하지만 정단오는 조금도 서두르는 기색이 없었다.

우득! 우드득!

목을 좌우로 꺾으며 천천히 걷던 그가 동쪽 하늘을 올려다봤다.

아직 해가 뜨려면 멀었다.

이 어둠은 그의 것. 멀리서 심상치 않은 소리가 들려왔지만 개의치 않았다.

능력자의 세계에 속하지 않은 인간들은 건드리지 않는 게 원칙이다.

그러나 원로회에서 먼저 원칙을 깼고, 정단오는 더 이상 어떤 룰에도 얽매일 생각이 없었다.

능력자가 아니라면 최대한 목숨을 보존해주지만, 필요하면 살수를 쓰는 것도 주저하지 않는다.

그가 양팔을 좌우로 활짝 뻗었다.

온몸으로 십자가 형상을 만든 정단오가 피처럼 붉은 입술을 달싹였다.

"어둠이여, 너의 권세를 빌리겠다."

낮게 깔린 정단오의 음성이 캄캄한 어둠에 스며들었다.

이윽고 세상을 까맣게 덮은 어둠이 마치 하나의 생명처럼 그의 말에 반응하기 시작했다.

슈우우우우-!

기분 나쁜 소리와 함께 어디선가 거센 바람이 일어났다.

수십 명에 달하는 무장 경비원들이 모여 플래시를 비췄지만 빛이 일어나지 않았다.

"뭐… 뭐야?"

"다들 플래시가 고장 났어?"

놀란 경비원들이 서로를 돌아보며 당황한 표정을 지었다.

평택 공장을 지켜야 하는 수십 명의 경비원들은 어중이

떠중이가 아니다.

능력자는 아니어도 나름 특수 훈련을 받은 정예들이었다.

하지만 이해하기 힘든 현상 앞에서 모두 바보가 되어 버렸다.

화아아악!

끝을 모르는 어둠이 그들을 뒤덮었다.

플래시는 물론이고 공장 벽면을 비추는 가로등과 전등이 모조리 꺼졌다.

정단오는 일상에서 만나기 힘든 진짜 어둠의 권세로 경비원들을 장님으로 만들었다.

같은 장소에 모인 경비원 수십 명이 자기들끼리 얽히고 설키며 넘어지는 풍경이 괴기스러워 보였다.

타앗!

정단오는 그들을 뒤로하고 몸을 날렸다.

높다란 담장을 넘어 공장 밖으로 유유히 빠져나온 그는 잠시 갈등에 빠졌다.

평택 미군 부대에서 군사 병력을 급파한 것 같았다.

그들이 지척에 다다른 게 느껴졌다.

원래 계획대로라면 이대로 몸을 피해야 한다.

그러나 공장에 잠입하기 전, 미군들의 욕망으로 점철된 평택의 속살을 봤기에 그냥 사라지고 싶지 않았다.

알 수 없는 충동이 그를 이끌었다.

저벅저벅.

결국 정단오는 군인들이 몰려오는 쪽으로 걸음을 옮겼다.

지금 시점에서 군이 공권력과 정면으로 부딪칠 필요는 없다.

어쩌면 그의 든든한 파트너인 김상현은 이 일로 꽤나 골머리를 앓을지도 모른다.

그러나 정단오는 한국 기업인 오성 그룹의 공장을 지키기 위해 달려오는 미군 부대와 마주하고 싶었다.

평택, 아니 우리나라 전역에서 볼 수 있는 기묘한 아이러니를 자기 손으로 부수고 싶어진 것이다.

위이잉-.

삐이이이이이-!

멀리서 들리던 소리가 점점 커졌다.

군용 지프 트럭이 요란한 비상음을 내며 달려왔고, 그 안에는 기관총으로 무장한 병력이 탑승해 있었다.

오성 그룹 평택 공장에 사고가 났다는 소식이 전해지자마자 근처의 미군 부대에서 병력을 급파한 것이다.

수십 명에 달하는 미군들의 무장 수준은 절대 만만하지 않았다.

허술하기 짝이 없는 국군과 달리 비상 출동에 나서는 미군들은 만반의 준비를 갖춘다.

이곳에 출동한 지프에 실린 무기와 총탄이면 웬만한 소

요는 손쉽게 진압하고도 남을 것이다.

"Freeze-!"

확성기를 통해 짧고 굵은 명령이 하달됐다.

정단오를 발견한 미군이 그대로 멈추라는 지시를 내린 것이다.

어느새 일렬로 멈춰선 미군 군용 지프에선 병사들이 내려 장전을 마쳤다.

수십 개의 총구가 정단오 한 사람을 향하고 있었다.

어둠 너머 미군들은 방심하지 않고 긴장한 표정으로 정단오를 조준했다.

여차하면 발포해서라도 평택 공장의 소요를 일으킨 정단오를 놓치지 않겠다는 의지가 엿보였다.

"Lie down and don't move-!"

다시 한 번 확성기에서 정단오를 향한 말이 울려 퍼졌다.

그대로 엎드려서 절대 움직이지 말라는 강압적인 지시였다.

보통 지금처럼 미군의 총기를 마주한 상황이라면 백이면 백 모두 지시를 따를 것이다.

하지만 정단오는 달랐다.

평택 공장에서 목적을 이뤘음에도 일부러 미군 병력 앞에 당도한 그가 오른손을 들었다.

"주인의 명을 받아 일어나라!"

짧고 간결한 부름에 숨죽이고 있던 땅이 응답했다.

쿠구궁–!

콰아아아앙!

평평한 땅이 갈라지며 순식간에 거대한 흙기둥이 솟아올랐다.

선비촌 청년들 이상으로 오행의 기운을 다스리는 데 능숙한 정단오의 진면목이 발휘된 것이다.

콰쾅!

철커덩– 쿠웅!

정확히 군용 지프들이 있던 자리에 솟아난 흙기둥들은 족히 3m는 될 것 같았다.

눈 깜빡할 사이에 여러 대의 미군 군용 지프가 흙기둥에 치여 전복됐다.

지프 안에 탑승하고 있던 사령관급 미군들은 손쓸 틈도 없이 전투 불능 상태가 됐다.

지프에서 내려 조준을 하고 있던 미군 병사들도 어안이 벙벙해져 넋을 잃었다.

초월적인 현실을 마주하면 손을 놓고 주저앉는 게 인간의 본성이다.

그런데 그때, 뒤집어진 지프 안에서 사령관이 가까스로 목소리를 쥐어짰다.

"Shoot…… Shoot–!"

발포 명령이었다.

그의 말에 번뜩 정신을 차린 미군 병사들은 앞뒤 가리지 않고 방아쇠를 당겼다.

대한민국에서 대규모로 실탄을 발사한다는 건 엄청나게 큰일이다.

하지만 평택 공장이 침입 당했고, 눈앞에서 기이한 일이 벌어지며 지프들이 전복됐다.

발포 명령을 받은 병사들은 반쯤 이성을 잃은 상태에서 총알을 쏘아댈 수밖에 없었다.

두다다다다다다ー!

총구에서 일어난 불꽃이 어둠을 밝혔고, 셀 수 없는 양의 총알이 정단오 한 명을 노리고 쏘아졌다.

수십 명의 병사들이 실제 상황에서 동시에 사격을 하는 건 전례를 찾기 힘든 일이었다.

쫘악!

정단오는 그저 새하얀 오른 손바닥을 쫙 펴고 서있었다.

이윽고 땅에서 흙기둥이 솟아난 것보다 더 믿기 힘든 일이 벌어졌다.

우우웅ー.

그의 손바닥에서 강렬한 진동이 퍼져나가 날아오는 총알을 멈춰 세웠다.

수백 탄의 총알이 정단오의 눈앞 허공에서 거짓말처럼 정지했다.

마치 비디오를 보다가 일시정지 버튼을 누른 것 같았다.

"어… 으어어……!"

"왓 더 퍼킹 헬-!"

미군 병사들은 방아쇠를 당길 힘도 풀렸는지 하나둘 털썩 주저앉으며 신음과 비명을 질러댔다.

야간 순찰을 돌다가 귀신을 봤어도 이보다 놀랍진 않을 것이다.

수백 탄의 총알이 허공에 그대로 멈춘 광경을 봤으니 숨이 턱턱 막히는 것 같았다.

씨익-.

정단오의 입꼬리가 살짝 올라갔다.

곧이어 그가 쫙 펼쳤던 오른손을 오므려 주먹을 쥐었다.

그 동작에 반응하듯 허공에 멈췄던 수백 탄의 총알이 거꾸로 날아갔다.

슈슈슉-!

쐐애애애앵!

처음 날아온 것보다 훨씬 더 빠른 속도로 총알들이 왔던 길을 거슬러갔다.

비현실적 체험에 정신을 놓은 미군 병사들은 대부분 오줌을 지리며 눈을 질끈 감았다.

이대로 자신들이 쐈던 총알에 의해 벌집이 되어 죽는다는 생각뿐이었다.

그런데 시간이 지나고 총알이 몸을 관통하는 느낌이 들지 않았다.

후두두두둑-!

몇몇 미군들이 눈을 떠 상황을 확인했다.

거꾸로 날아온 총알들이 다시 허공에 멈췄다가 힘을 잃고 바닥으로 떨어졌다.

군용 지프들을 전복시킨 흙기둥도 언제 솟아올랐냐는 듯 땅속으로 가라앉았다.

이 모든 이적을 만들어 미군들을 농락한 정단오는 어느새 어둠 저편으로 사라지고 있었다.

"……."

전복된 지프에 깔린 사령관도, 오줌을 지리고 이성을 잃은 병사들도 입을 열지 못했다.

누구 하나 무어라 말도 할 수 없을 만큼 충격을 받았다.

미군에서 자체적으로 조사단이 나와도 건질 게 없을 것이다.

흙기둥은 사라졌고 총알은 바닥에 떨어져있다.

그 외의 증거는 없으니 수십 명이 무슨 말을 해도 믿지 않을 게 분명했다.

'이쯤에서 겁을 줄 필요가 있었다.'

즉흥적인 충동으로 미군들에게 본때를 보여준 정단오는 오늘 일을 후회하지 않았다.

평택 공장의 중심부를 불태운 것뿐 아니라 출동한 미군들을 농락시킴으로서 공권력을 움직이는 자들에게 강력한 경고를 남긴 셈이다.

정단오를 잡기 위해 특수본이라는 위장 단체까지 만든 원로회 한국지부와 청와대의 머리가 더욱 아파지게 생겼다.

평택에 드리운 어둠은 계속해서 혼란스러워질 정세를 예고하는 것 같았다.

* * *

"이거, 이거 우리나라가 어떻게 되려고 이러는지… 쯧."

"그러게 말입니다. 이러다 나라 망하는 거 아닌지 모르겠어요."

"여기가 무슨 중동도 아니고 테러리스트라니, 참 믿기 어려운 일이네."

서울역 대합실에 앉아있는 사람들이 혀를 차며 대화를 나누었다.

서울뿐 아니라 전국 각지에서 대부분의 사람들이 비슷한 주제로 이야기를 주고받고 있었다.

그 주제는 하나같이 무겁기 짝이 없는 것이었다.

대민 은행 본사 건물의 전산실 데이터가 날아간 데 이어 오성 그룹의 평택 공장이 불탔다는 소식이 특종으로 전해졌기 때문이다.

단순 방화 사고가 아니었다.

평택 공장의 핵심이라 할 수 있는 반도체 개발 시스템실이 완전히 전소됐다.

그곳에 축적된 데이터와 연구 결과, 각종 기밀들이 잿더미가 된 것이다.

이로 인해 오성 그룹이 입은 피해 손실은 수천억 원 규모가 될 거라는 전망이다.

당장의 피해를 떠나 연구 성과가 중시되는 반도체 산업의 특성상 오성 그룹의 뿌리가 흔들릴지 모르는 사건이었다.

평택 공장을 지켜내지 못한 오성 그룹 전 계열사의 주가는 끝을 모르고 하락했다.

한때 대한민국 증시의 불패신화로 불렸던 오성 전자 주식도 하한가를 거듭하고 있었다.

대민 은행 사건으로 타격을 입은 데 이어 두 번째 직격탄이 터졌으니 피해를 이루 말하기도 힘들었다.

오성이 망하면 한국이 망한다고 믿었던 대다수의 국민들도 불안감에 몸을 떨었고, 특수본을 창설하며 대비를 한 정부 역시 패닉에 빠졌다.

야당은 이때를 놓치지 않고 무능한 정권과 여당을 비난했고, 대외적으로 위기관리 능력의 부재를 증명한 한국은 국제신용등급 하락을 손 놓고 바라볼 수밖에 없었다.

겨우 두 번의 사건으로 대한민국 전체가 위기에 빠지고 있었다.

정단오는 쓰러트려야 할 적의 약점이 무엇인지 정확히 알고 목줄을 꿰뚫었다.

대민 은행과 오성 그룹을 휘청거리게 만들면서 단번에

대한민국을 혼란으로 밀어 넣은 정단오의 다음 행보는 무엇일까.

이제는 누구도 감히 그의 행보를 예상할 수 없었다.

원로회 한국지부와 특수본, 청와대 모두 상상을 초월하는 정단오의 보폭에 허수아비가 된 기분이었다.

더불어 오성 그룹은 후계자 이정철이 실성한 걸로도 모자라 주거래 은행과 핵심 사업의 기밀, 그리고 대외 신용도를 모두 잃게 됐다.

3대에 걸쳐 쌓아올린 국제적 성공 신화가 흔들리며 그룹의 존망을 걱정해야 하는 지경에 처한 것이다.

원로회 한국지부의 돈줄 역할을 하며 온갖 더러운 짓을 일삼았던 대한민국 재계의 지배자, 오성 그룹.

오성 공화국을 꿈꿨던 그들의 오만한 탐욕이 정단오에 의해 와르르 무너지고 있었다.

추락하는 것에는 날개가 없다고 했던가.

오성 그룹의 몰락이 어디까지 이어질지 더 두고 볼 일이었다.

7장
빅 브라더(Big Brother)

"허어, 이것 참……."

원로회 한국지부의 대소사를 총괄하는 중년인, 백영운은 난감한 표정을 지었다.

그는 대외적으로 한국지부를 대표하는 사람이다.

하지만 실제로 원로회 한국지부를 움직이는 건 흑막 뒤에 숨은 원로, 엘더들이다.

백영운은 쉽게 말해 얼굴 마담이자 중간 다리 역할을 하며 한국지부의 실무를 담당하고 있었다.

물론 그렇다고 해서 우스운 인물이란 뜻은 아니었다.

그가 지닌 권한은 막강했고, 공식적으로 한국지부를 대표하는 인물답게 엘더들을 제외하면 누구에게도 고개를 숙일 필요가 없었다.

이대로 나이를 먹으면 그 역시 엘더의 반열에 오를 게 분명했다.

하지만 요즘 들어 백영운은 모든 책임을 뒤로하고 어디론가 떠나고 싶은 심정이었다.

정단오.

전설 속에의 케케묵은 이름이 다시 세상 밖으로 튀어나온 후 모든 게 엉망이 됐기 때문이다.

처음에는 그저 지나가는 헤프닝으로 그칠 거라 생각했다.

기록에 적힌 정단오의 능력은 사실로 받아들이기엔 너무 엄청났고, 과거 미화와 허풍이 뒤섞였을 거라 믿었다.

하지만 모두 착오였다.

불로불사, 즉 불멸이라는 유일무이한 권능을 가진 존재를 기존의 잣대로 판단하려 한 것이 실수였다.

그는 아티팩트 보관소를 무너트려 독립군 후손들에게서 갈취한 것들을 가져갔고, 대민 은행과 오성 그룹을 곤경에 빠트리며 나라 전체를 뒤흔들었다.

그 과정에서 원로회 한국지부가 자랑하는 능력자들의 희생이 줄을 이었다.

그러고도 아직 정단오의 꼬리조차 잡지 못했으니 백영운은 하루하루가 죽을 맛이었다.

꼬장꼬장한 원로들의 압박이 나날이 거세지는 가운데, 오늘은 껄끄러운 손님이 찾아왔다.

능력자는 아니지만 어떤 면에서는 원로회의 엘더보다 더 까다로운 사람이 온 것이다.

"가자. 손님을 계속 기다리게 둘 순 없지."

결국 백영운이 비서에게 지시를 내렸다.

한참을 고민한 끝에 의자에서 일어난 백영운이 성큼성큼 걸어갔다.

비서가 굳게 닫힌 문을 열었고, 그 너머 접객실에는 날카로운 인상의 노인이 앉아 있었다.

"늦어서 죄송합니다, 회장님. 급하게 걸려온 전화가 있어서……."

백영운은 변명을 하며 허리를 숙였다.

공식적으로 원로회 한국지부를 대표하는 그가 이처럼 예의를 갖추는 상대는 흔치 않다.

접객실에 앉아있는 노인이 최소한 정부 부처의 장관 이상이라는 뜻이다.

노인도 백영운을 보고 자리에서 일어나며 고개를 숙였다.

"오랜만이외다."

"그간 별일은 없으셨습니까."

"별일?"

노인이 눈살을 찌푸렸다.

그는 다름 아닌 오성 그룹의 회장이었다.

아들이자 후계자인 이정철이 반미치광이가 됐고, 대민

은행과 평택 공장이 습격을 받아 막대한 피해를 입은 장본인이다.

오성 그룹이 역사상 최악의 상황에 처했는데 별일 없느냐는 물음이 좋게 들릴 리 만무했다.

"정말 별일이 없는지 몰라서 묻는 것이오?"

"아, 그런 뜻이 아니라……."

백영운이 말끝을 흐렸다.

한국의 능력자 세계를 대표하는 그는 대통령 앞에서도 아쉬운 소리를 들을 인물이 아니다.

그러나 오성 그룹으로부터는 워낙 많은 자금을 지원받았다.

자본주의 사회에서 돈줄을 틀어쥔 물주에게는 약한 모습을 보일 수밖에 없다.

일반인들의 세계이건, 능력자들의 세계이건 돈이 힘이라는 진리는 똑같았다.

"일단 앉으시지요."

회장과 마주보고 앉은 백영운이 입맛을 다셨다.

이 타이밍에 오성 그룹 회장을 만나는 건 지극히 까다로운 일이다.

아니나 다를까, 회장의 입에서 쓴소리가 봇물처럼 터져 나왔다.

"그동안 우리 그룹에서 원로회 한국지부에 지원한 돈이 적지 않은 걸로 알고 있소. 물론 이제껏 한 번도 아깝다고

여겨본 적이 없소이다. 하지만 요즘은…… 회의감이 드는
구료."

"회장님, 그렇게 말씀하시면 섭섭합니다. 그간 우리 아
이들이 오성 그룹의 일을 돕느라 고생한 것은 잊으셨습니
까? 누가 들으면 거저 도움을 받은 줄 알겠습니다."

백영운도 순순히 당하고 있지만은 않았다.

무조건 고개를 조아리면 밑도 끝도 없이 당할 수 있다는
걸 알기 때문이다.

그가 다소 뻣뻣하게 나오자 오성 그룹 회장이 눈을 가늘
게 떴다.

오성 그룹 회장은 말 한 마디로 한국 경제는 물론이고
전 세계의 계열사와 공장을 움직이는 거인이다.

능력자는 아니지만 지닌 내공은 웬만한 능력자 못지않
다.

그가 천천히 입술을 움직였다.

"물론 원로회 한국지부의 공을 모르는 게 아니오. 그간
우리 오성과 원로회가 얼마나 좋은 파트너였는지 잊지 않
았소. 하나 이대로 가면 우리 그룹의 뿌리가 흔들리게 생
겼소이다. 주가가 바닥을 친 것을 알지 않소? 게다가 평택
공장이 습격당해 반도체 사업에서 경쟁 업체들에 뒤처지게
생겼으니……. 내 매번 위기를 강조했지만 이번만큼 위기
라고 느낀 적이 없었소. 상상 속에서나 가능했던 오성의
몰락이 눈앞에 닥쳤단 말이외다."

"회장님께서 우려하시는 바를 잘 알고 있습니다."

"내 말 아직 안 끝났소. 우리 오성이 무너지게 되면 원로회 한국지부에도 큰 손실일 것이오. 단순히 다른 물주를 찾아 대체할 수 있을 거라 안일하게 생각하면 안 된다는 뜻이외다."

"회장님, 방금 그 말씀은—!"

"진정하시오. 그만큼 우리 오성이 벼랑 끝에 몰렸다는 걸 알아줬으면 하는 것뿐이오."

백영운이 흥분해 자리에서 일어났지만 회장은 흔들리지 않고 말을 마쳤다.

그의 말뜻은 간단했다.

오성 그룹이 잘못되면 혼자 죽지 않겠다는 것이다.

단순히 물주를 잃는 게 아니라는 일종의 협박이었다.

사실 오성 그룹이 마음만 먹으면 원로회 한국지부를 곤란하게 만들 건수는 많았다.

그동안의 자금 후원 장부 등 여러 증거가 차고 넘쳤다.

원로회 입장에서는 그들의 존재가 세상에 드러나는 것 자체가 가장 큰 위험이다.

지나가는 투로 말했어도 오성 그룹 회장의 말을 그냥 넘길 수 없었다.

"해를 넘기기 전에 반드시 그자를 사로잡고 말 것입니다. 회장님께서는 염려하지 않으셔도 될 것 같습니다."

"부디 그렇게 해주시오. 나도 흔들리는 그룹을 진정시키는 데 최선을 다할 터이니. 원로회 한국지부의 최선을 기대하고 있겠소이다."

"오래지 않아 좋은 소식으로 찾아뵙겠습니다, 회장님."

"그럼 바쁜 시간 더 뺏지 않고 이만 일어나겠소."

"살펴 가십시오."

백영운은 몸을 일으킨 오성 그룹 회장을 접객실 바깥까지 배웅했다.

바깥에는 오성 그룹의 직속 수행원들이 노 회장을 기다리고 있었다.

철컥-.

고풍스럽게 원목으로 만들어진 문이 닫혔다.

백영운은 그제야 억눌렀던 기운을 끓어 올리며 회장이 나간 자리를 부리부리한 눈빛으로 응시했다.

원로회 한국지부의 엘더들에게 지적을 당하는 걸로도 모자라 오성 그룹 회장에게까지 협박 아닌 협박을 당하고 말았다.

이 모든 일의 원흉은 정단오다.

반드시 그를 잡아내야 지긋지긋한 악몽이 끝날 것이다. 그리고 백영운도 한국지부의 대표자다운 권위를 회복하고 차세대 엘더로서 입지를 구축할 수 있다.

입술을 깨물고 주먹을 꽉 쥔 백영운의 얼굴에서 비장한 살기가 엿보이고 있었다.

        *   *   *

빅 브라더가 발동됐다.

헐리웃 영화에 단골 소재로 등장하는 빅 브라더(Big Brother)는 사회의 모든 것을 감시하고 통제하는 컨트롤 타워를 뜻한다.

주로 SF 영화에서 미래 사회의 정부 또는 지나치게 발달한 기계 문명이 개인의 삶을 통제하는 모습으로 나타난다.

하지만 대한민국에 발동된 코드 네임 빅 브라더는 영화에 나오는 것처럼 허무맹랑하진 않았다.

대신 보다 현실적이고 집요한 작전이었다.

바로 대한민국 정부와 원로회 한국지부가 지닌 모든 힘을 동원해 전국적 수색망을 펼친 것이다.

지금까지도 정부와 원로회는 정단오를 추적하기 위해 애쓰고 있었다.

하지만 오성 그룹의 평택 공장이 습격당한 후 상황이 달라졌다.

자칫하면 정단오와 선비촌 때문에 오성 그룹이 무너질지도 모른다.

그런 최악의 상황을 막기 위해서는 전쟁이 터졌다고 가정한 수준의 비상 체제를 가동해야 했다.

빅 브라더가 발동된 이후 전국의 모든 CCTV와 경찰

지구대, 모습을 감춘 정보원과 원로회 소속 능력자들이 발 벗고 나섰다.

정단오의 대략적인 인상착의, 그리고 선비촌 사람들의 특징이 널리 공유됐다.

물론 능력자의 세계를 모르는 경찰과 정보원들은 테러리스트를 쫓는다고 생각할 것이다.

어쨌거나 대한민국 정부와 원로회 한국지부는 절벽에 선 심정으로 모든 역량을 동원하기 시작했다.

이대로 빅 브라더의 작동이 장기화되면 위치가 노출될지도 모른다.

암중에서 정단오를 돕고 있는 김상현과 그의 부하들도 곤경에 처하게 될 것 같았다.

김상현은 고위급 정보를 빼내 빅 브라더가 발동됐다는 소식을 듣자마자 분당의 새로운 아지트로 향했다.

평택을 불태우고 잠깐의 휴식을 취하던 정단오와 이지아의 평화로운 일상을 방해할 수밖에 없었다.

"큰일을 치루셨는데 죄송합니다, 마스터. 좀 더 쉬셔야 하는데."

"너도 함께 고생하지 않았나. 어차피 휴식은 충분히 취했다."

소파에 앉은 정단오가 대수롭지 않게 말했다.

하지만 옆자리의 이지아는 내심 아쉬운 기색이 역력했다.

그녀도 평택에서 무슨 일이 벌어졌는지 모르지 않았다. 온 세상이 오성 그룹 공장이 불에 탄 뉴스로 떠들썩했다.

그런 일을 할 수 있는 사람은 정단오밖에 없었다.

그렇게 위험한 일을 마치고 돌아온 게 고작 며칠 전이다. 그런데 곧장 김상현이 찾아와 심각한 표정을 지으니, 이지아 입장에선 아쉽고 불안할 수밖에 없었다.

지금 그녀에게 가장 소중한 건 정단오와 보내는 평범한 일상이기 때문이다.

"지아 씨에게도 죄송합니다. 그러나 미룰 수 없는 이야기입니다."

김상현이 자못 진지한 어조로 말을 이어나갔다.

이지아도 자세를 고쳐 잡고 그의 말에 귀를 기울였다.

항상 유쾌한 김상현이 이렇게 나올 때는 분명 특별한 이유가 있을 것이다.

비교적 순조롭게 원로회 한국지부와 오성 그룹의 심장에 비수를 꽂고 있는데 무슨 악재가 터진 것일까.

김상현은 정단오와 이지아의 시선을 받으며 어렵게 입수한 고급 정보를 풀어놓았다.

"빅 브라더라는 코드 네임 아래 한국 정부와 원로회 한국지부가 새로운 작전을 실행했습니다."

"빅 브라더?"

"전국의 모든 CCTV와 점조직 형태로 운영되는 정보원, 경찰력, 그리고 능력자들을 동원한 수색망을 뜻합니다.

물론 마스터와 선비촌 사람들, 그리고 그동안 조력을 해온 저를 찾기 위한 것입니다."

"그런 식으로 공권력을 확대해서 사용하면 능력자들의 세계가 노출될 위험이 있지 않나."

정단오의 지적에 김상현이 고개를 끄덕였다.

"그런 위험을 감수하고라도 반드시 우리의 꼬리를 잡으려는 것 같습니다."

"오성 그룹이 역린은 확실하군. 돈줄을 건드리니 잔뜩 놀라서 정부와 한국지부가 모두 나서는 꼴을 보니."

"정부는 말할 것도 없고, 원로회 한국지부 역시 돈을 쫓아 움직이는 집단이 된 지 오래니까요."

오성 그룹은 확실히 대한민국 정부와 원로회의 역린이었다.

상상하기 힘든 액수의 돈을 뿌려대는 물주가 심장부에 타격을 입었다.

돈줄이 끊기게 생겼으니 원로회 한국지부와 정부는 이판사판 가릴 처지가 아니었다.

여러 위험을 감수하고라도 빅 브라더를 발동시킨 걸 보면 그들의 절박함을 알 수 있다.

그러나 마냥 좋아할 일은 아니다.

적들이 궁지에 몰려 발악하기 시작했으니 이쪽에서도 주의를 기울여야 한다.

정단오 한 명이라면 아무 문제가 없겠지만 선비촌 사람

들과 김상현의 부하들, 그리고 이지아의 신변 노출을 걱정할 수밖에 없었다.

"지금까지는 감시망을 잘 피해왔지만, 빅 브라더가 발동된 이상 이야기가 달라집니다."

"대응 방안은 세웠나?"

"우선 선비촌 사람들을 퍼트려서 각기 다른 은신처로 보내겠습니다. 다들 뛰어난 능력을 지녔으니 조심하면 큰 문제는 없을 겁니다."

"너의 사람들은?"

"당분간은 각별히 조심해야 할 것 같습니다. 제 밑에 있는 아이들을 통해 도움을 드리기가 힘들어질지도 모릅니다."

"안전이 우선이다. 무리하지 마라."

"네, 마스터. 그리고 역시 가장 염려되는 사람은 지아 씨입니다."

김상현의 말에 정단오는 예상했다는 듯 동요하지 않았다.

하지만 지목 대상이 된 이지아는 큰 눈을 동그랗게 뜨며 당황했다.

"제가요?"

"네, 지아 씨. 아무래도 잠시 한국을 떠나 계시는 게 좋을 것 같습니다."

"한국을 떠나 있으라구요?"

이지아가 무슨 소리냐는 듯 되물었다.

그러나 김상현이 이런 상황에서 농담을 할 리 없었다.

그는 단호한 얼굴로 정단오와 이지아를 돌아보며 대답을 해나갔다.

"마스터는 말할 것도 없고, 선비촌 사람들 그리고 제 밑에 있는 부하들은 모두 스스로 자기 몸을 지킬 능력이 있습니다. 제가 데리고 있는 아이들은 능력자는 아닐지언정 빅 브라더의 감시망에 걸려도 알아서 탈출할 깜냥은 됩니다. 하지만 지아 씨는 다르지 않습니까. 마스터와 함께 지낼 때를 제외하면 언제 어떻게 빅 브라더의 감시망에 걸려들지 모릅니다. 당분간은 제 밑의 아이들도 예전처럼 적극적으로 지아 씨를 보호하기 힘든 상황입니다. 그렇기에 안전한 외국에서 잠시 시간을 보내는 게 좋다고 판단했습니다."

"아니, 그래도…… 단오 씨도 그렇게 생각해요?"

이지아는 도와달라는 듯 정단오를 향해 고개를 돌렸다.

이성적으로 생각할 때 김상현의 말이 맞다고 해도 그와 떨어져있고 싶지 않았다.

그러나 정단오는 그녀의 기대를 저버릴 수밖에 없었다.

그 역시 이지아와 함께 보내는 평범한 일상을 놓치고 싶지 않았다.

하지만 무엇보다 중요한 건 그녀의 안전이다.

"오성 그룹에 비수를 꽂았으니 놈들도 물불을 가리지 않을 것이다. 김상현의 말대로 잠시 피해 있는 게 좋겠다, 이지아."

"단오 씨……. 그럼 미유, 미유는요?"

"미유는 대중에게 노출된 연예인이다. 아티팩트인 푸른 소라를 지니고 있지만 저번처럼 섣불리 건드리진 못할 거다. 일단 지금 원로회 한국지부와 정부는 나를 쫓는 데 혈안이 되어 있으니까. 너는 미유와 다르다. 나와 함께 지내고 있기에 더 위험하다."

"정말 가기 싫은데, 그냥 어디 안 나가고 여기서 숨어 지내면 안 될까요?"

"이지아."

정단오는 억지를 부리는 그녀의 이름을 불렀다.

멀리 떨어지기 싫어하는 마음과 공연한 불안감을 모르지 않았다.

그러나 지금으로선 어쩔 수 없는 선택이다.

"내가 말하지 않았나, 너를 지켜주겠다고. 당장 너를 지키기 위해선 조금 떨어져 있는 게 최선이다. 하지만 그리 오래 걸리진 않을 것이다. 빅 브라더 따위의 작전이 소용없다는 걸 깨닫게 해주고, 원로회와 정부의 시스템을 무너트리면 금방 다시 만날 수 있다."

"알겠어요. 더 떼쓰지 않을게요. 지금 내가 단오 씨에게 도움이 되기보단 짐이 되는 게 분명하니까."

"짐이라서 보내려는 게 아니다."

"알아요. 아무튼 떨어져 있는 동안 주시자의 눈을 완벽하게 마스터해서 단오 씨에게 도움이 될 거예요. 도저히 나를 떨어트릴 수 없게끔."

"그래, 기대하고 있겠다."

정단오는 무표정함 속에 은은한 미소를 감추며 고개를 끄덕였다.

사실 이지아가 지닌 능력이 필요할 때가 생각보다 빨리 찾아올지도 모른다.

원로회 수뇌부를 사로잡아 정신을 읽어낼 수 있다면 큰 도움이 될 것이다.

당장 빅 브라더의 여파로 그녀를 해외에 도피시키지만, 오래 방치해둘 생각은 없었다.

정단오는 김상현을 쳐다보고 입을 열었다.

"이지아의 행선지는 중국으로 하지. 그곳에 우리 일을 도와줄 사람이 있다."

"중국이면 나쁘지 않군요. 거리도 가깝고 환경도 비슷하니…… 당장 출국 준비를 하겠습니다. 그런데 도와줄 사람이라고 하시면?"

"너도 알 텐데."

"아―!"

김상현의 얼굴에 화색이 돌았다.

누구보다 안전하게 이지아를 보호해줄 중국의 조력자가 떠올랐기 때문이다.

그의 정체를 모르는 이지아는 멀뚱멀뚱 둘을 쳐다봤다.

하지만 그녀도 곧 알게 될 것이다.

잠깐 한국을 떠나 중국에서 더없이 든든한 보호를 받을 거라는 사실을.

정단오가 수백 년 세월에 걸쳐 전 세계에 쌓아 놓은 인맥의 힘은 얕지 않았다.

원로회의 통치를 뛰어넘는 인연 또한 정단오의 숨겨진 무기 중 하나였다.

* * *

이지아가 떠났다.

정단오와 김상현은 인천 공항에서 그녀가 출국 게이트로 들어가는 걸 지켜봤다.

잠시지만 기약 없이 떠나야 한다는 걸 힘겨워하던 이지아는, 공항에서 의연한 모습을 보였다.

그녀는 김상현이 마련해준 위조 여권을 이용해 베이징으로 날아가, 정단오의 오랜 친구를 만날 예정이었다.

"다시 돌아올 때는 단오 씨가 날 떨어트릴 수 없도록 엄청난 능력자가 되어 있을 거예요."

눈물을 글썽거리면서도 당차게 포부를 밝힌 그녀의 목소리가 귓가에 아른거리는 것 같았다.

정단오는 한동안 말없이 이지아가 들어간 출국 게이트를

바라봤다.

"가시죠, 마스터."

김상현은 사방을 살피며 말을 걸었다.

인천 공항처럼 보안이 삼엄한 곳에 오래 있으면 빅 브라더에 걸릴지 모른다.

정단오도 감상적인 마음을 깊숙이 숨기고 김상현과 함께 지하 주차장으로 걸어갔다.

그의 묘하고 복잡한 기분을 풀어주기 위해 김상현이 계속 대화를 시도했다.

"지아 씨는 무사히 잘 지낼 겁니다. 그쪽 사람들이 보호해준다면, 설령 원로회 중국지부가 나서도 건드리지 못할 테니까요. 안 그렇습니까?"

"확신이 있으니 기꺼이 보낸 것이다."

"네. 제가 아무리 준비를 해봤자 소림사를 따라갈 순 없으니까요. 그러니 너무 심려 마십시오, 마스터."

김상현의 입에서 누구에게나 익숙한 단어가 흘러 나왔다.

소림사(少林寺).

지금은 서커스 같은 기예와 차력을 팔아, 돈벌이에 혈안이 된 집단으로 알려져 있다.

하지만 진정 소림사의 명맥을 잇는 부류는 따로 있었다.

중국 대륙에 무림(武林)이 존재하던 시절부터 소림사 고유의 무공을 수련한 능력자들이 바로 그들이었다.

그들의 영향력은 드넓은 중국 대륙 전체를 관장하고도 남는다.

그렇기에 원로회 중국지부도 소림사의 능력자들을 함부로 대하지 못한다.

워낙 땅덩이가 넓고 각 지역의 토착 능력자들이 많기 때문에, 중국 원로회의 중앙 통치력은 비교적 약한 편이다.

한국처럼 좁은 땅덩이인 나라들일수록 원로회 중심으로 능력자 세계가 돌아간다.

그러나 중국이나 미국, 또 아직 개발의 손길이 덜 미친 아프리카 등은 이야기가 조금 달랐다.

어쨌거나 소림사의 능력자들이 이지아를 보호해준다면 걱정할 필요가 없었다.

방송에 나오는 겉으로 드러난 소림사와 달리, 진정한 소림사의 힘은 상상을 초월한다.

정단오는 아주 오래전 그곳에 머물며 백보신권을 전승받았고, 지금까지 소림사의 능력자들과 깊은 인연을 맺고 있었다.

중국 원로회도 건들지 못하는 세력이 소림사다.

원로회 한국지부의 검은손이 그곳까지 미칠 가능성은 거의 없었다.

하지만 그럼에도 불구하고 정단오는 계속 무표정한 얼굴이었다.

원래 무표정하지만 그를 오래 지켜봐온 김상현은 뭔가

다르다는 걸 느꼈다.

"더 염려되시는 점이라도 있으십니까?"

"걱정이 되는 게 아니다. 이 상황이 매우 불쾌할 뿐이다."

"네?"

"원로회 한국지부와 정부, 그들로 인해 내 사람을 곁에 두지 못하고 중국으로 보내야 한다는 게 더없이 불쾌하다."

"아……."

"이 상황을 오래 두지 않을 것이다."

정단오의 말에서 이제까지와는 또 다른 결의가 느껴졌다.

썩은 세상을 도려내기 위해, 그리고 이 나라를 있게 한 벗들의 복수를 위할 뿐 아니라 소중한 사람과 함께 있기 위해 더 무서워질 것 같았다.

처억.

걸음을 멈춘 그가 옆에서 나란히 걷던 김상현을 쳐다봤다.

깊게 가라앉은 눈빛에서 아무것도 읽히지 않았다.

김상현은 심연과 같은 정단오의 눈동자를 쳐다보며 숨을 죽였다.

"김상현."

"말씀하십시오, 마스터."

"빅 브라더 따위의 작전이 아무 소용없다는 걸 깨닫게 해줘야겠다. 그래서 가능한 빠른 시일 안에 이지아를 다시 한국으로 데려올 것이다."

"오성 그룹을 들쑤셔 놓았으니 선비촌도 그렇고 마스터 께서도 당분간은 휴식을 취하시는 게 어떻겠습니까? 전략 적인 차원에서 말입니다."

"전략적인 차원에서?"

"네."

정단오가 입을 닫고 김상현을 물끄러미 응시했다.

겨우 30초 남짓한 시간이지만 그의 눈빛을 받고 있는 김상현에겐 영겁의 세월처럼 느껴졌다.

곧이어 정단오가 다시 입을 열었다.

"가장 전략적인 선택이 무엇인지 알고 있나?"

"무엇입니까, 마스터."

"언제나 최선의 공격이 최선의 방어다. 변함없는 진리를 잊지 말도록."

"그렇다면……."

"정부와 원로회 한국지부가 빅 브라더 따위를 실행할 여 력이 없도록 몰아붙일 것이다."

"……!"

"주도권을 쥐고 있는 건 우리다. 정신을 못 차리게 만들 면 빅 브라더 같은 작전 따위로 내 사람을 찾아내려 애쓸 힘도 없어지겠지. 안 그런가?"

김상현은 뭐라고 섣불리 대답하지 못했다.

최선의 공격이 최선의 방어라는 말은 아주 오래전부터 전해진 말이다.

그러나 말은 쉬워도 행동으로 옮기긴 어려운 법이다.

원로회 한국지부와 정부가 모든 촉각을 곤두세운 이때, 상식적으로는 숨을 죽이고 한 템포 쉬어가는 게 옳은 방법일 터였다.

하지만 정단오에게 기존의 상식은 통하지 않는다.

김상현은 대민 은행이나 오성 그룹의 평택 공장을 습격한 것보다 훨씬 더 큰 대형 사고를 직감했다.

공권력을 마비시켜 빅 브라더 작전을 실행할 수 없게 만들겠다는 정단오의 말이 허풍으로 들리지 않았다.

이지아를 보내고 돌아오는 길, 정단오는 자기 사람의 부재를 통해 싸워야 할 이유 하나를 새롭게 얻었다.

날카롭게 벼려진 그의 눈빛이 서늘한 공기를 베어버릴 것 같았다.

* * *

"오랜만이외다, 허허."

선비촌의 촌장이 너털웃음을 터트렸다.

김상현이 마련한 은신처에서 생활하는 촌장은 개량 한복을 벗고 있었다.

평상복을 입고 머리까지 짧게 자른 그는 여느 노인과 다를 바 없어 보였다.

상투를 목숨처럼 여기는 선비촌 사람들의 심경 변화가 촌장의 모습에서 드러났다.

한복, 상투, 이제껏 자존심으로 여겨온 전통을 잠시 저버리면서까지 원로회와의 싸움에 모든 것을 건 것이다.

정단오가 아티팩트 보관소를 무너트리고 유림본서를 찾아준 게 결정적이었다.

유림본서를 되찾고 한 차원 높은 경지로 각성한 선비촌 사람들은 비로소 억눌린 세월에 대한 보상을 원하게 됐다.

빼앗긴 자유를 되찾고 후손들에게 제대로 된 세상을 물려줄 수 있다면 전통쯤은 잠시 버려도 된다고 여긴 것이다.

정단오와 손을 잡고 원로회 한국지부의 부정부패로 얼룩진 대한민국을 카오스 상태로 돌리겠다는 선비촌의 각오는 결코 가볍지 않았다.

정단오는 평범한 노인의 모습으로 돌아간 선비촌 촌장의 외모에서 죽음보다 더한 것을 바친 그들의 결기를 느꼈다.

"생활하기엔 어떠한가."

"여러모로 편의를 봐주는 덕분에 지낼 만하오."

"다행이군."

정단오가 고개를 끄덕거렸다.

은신처라는 말을 들으면 허름하고 후미진 장소를 떠올리기 마련이다.

하지만 김상현이 제공한 은신처는 그렇지 않았다.

사람들의 시선에서 벗어난 곳에 위치했지만 시설은 최고급이었다.

현대 생활에 적응해야 하는 선비촌 사람들이 불편함을 느끼지 않도록 최선의 배려를 한 것이다.

물론 정단오가 지닌 막대한 자금력이 바탕이 되었기에 가능한 일이었다.

부산의 암시장을 털어 어마어마한 현금을 확보한 정단오의 재력은 선비촌 전원을 지원하기에 모자람이 없었다.

"그런데 말이외다."

그때 선비촌 촌장이 목소리를 낮췄다.

그가 정단오를 바라보며 속내를 털어 놓았다.

"그 빅 브라더라고 했던가… 그러한 작전이 발동된 이후 우리 사람들이 여기저기 흩어져서 지내고 있지 않소? 또 행동거지를 특별히 단속하느라 젊은 아이들이 답답함을 느끼는 것 같소만."

"나도 알고 있다."

정단오는 선비촌 사람들의 고충을 모르지 않았다.

항상 마을 사람 전원이 모여 살던 그들에게 지금의 상황은 무척 낯설 것이다.

어쩌면 전통적인 겉모습을 포기한 것보다 마을 사람들이 서로 다른 은신처에 머물러야 하는 것이 더 불편할지 모른다.

빅 브라더의 발동 이후 추적을 피하기 위한 어쩔 수 없는 선택이었지만 답답할 터였다.

특히 그동안 정단오와 함께 세상을 휘젓고 다녔던 젊은 청년들은, 빅 브라더의 감시망을 피해 숨죽이고 있어야 하는 게 더 갑갑하게 느껴질 법도 했다.

정단오는 촌장의 눈동자를 마주봤다.

수백 년을 살아온 정단오와 비교할 수 없지만 오랜 세월을 겪은 이의 깊은 눈동자에서 동질감인 느껴졌다.

말년에 이르러 마을 전체의 운명을 걸고 도박판에 뛰어든 촌장의 심경이 오죽하겠는가.

그럼에도 불구하고 의연함을 잃지 않는 게 촌장의 연륜을 증명하고 있었다.

정단오는 그가, 그리고 그의 지도를 받는 청년들이 원하는 말을 해주었다.

"이제부터 빅 브라더를 먹통으로 만들 생각이다, 촌장."

"허허허, 오신다는 소식을 들었을 때부터 그리 말할 줄 기대하고 있었다오."

"대민 은행, 평택 공장보다 더 위험한 일이 될 것이다. 희생이 따를 수도."

"희생 없는 싸움이 있긴 하오?"

"좋다. 촌장, 곧 김상현을 통해 연락을 하지."

"기꺼운 마음으로 기다리고 있겠소이다, 허허허."

오성 그룹의 심장부에 비수를 꽂아 원로회 한국지부와

대한민국 정부를 힘겹게 만든 불멸의 지배자가 다시 움직이기 시작했다.

소중한 사람을 잠시 곁에서 떠나보낸 그가 무엇을 노릴지 세상은 감히 짐작도 못할 것이다.

8장
맹폭(猛爆)

능력자 세계에선 널리 알려졌다시피 정단오는 불로불사의 권능을 지니고 있다.

현재 세계에 유일한 불멸자(不滅者).

모든 사람은 나이가 들면 늙고 병이 들어 죽는다.

그러나 정단오에게 병환이나 노환은 다른 세상 이야기였다.

게다가 그는 사람이라고는 믿기 어려운 회복력을 지니고 있다.

그가 처음 불멸의 권능을 얻은 건 임진왜란이 발발했을 때다.

조선을 침략한 왜군이 창으로 그의 배를 쑤셨고, 복부가 완전히 관통당한 정단오는 그대로 쓰러져 다른 조선인들처럼 귀나 코를 베일 뻔했다.

그를 죽인 왜군이 전리품으로 정단오의 코를 베려던 그
때, 알 수 없는 이유로 불멸의 권능이 주어졌다.

정단오는 배에 꽂힌 창을 자기 손으로 뽑아내며 일어섰
고, 사색이 되어 기겁한 왜군의 목덜미에 그 창을 꽂아 넣
었다.

그처럼 배와 등이 완전히 꿰뚫리는 상처도 금방 회복됐
고, 타오르는 불길 속에서 전신 화상을 입어도 며칠이면
새로운 피부가 말끔하게 돋아났다.

그러나 과연 정단오를 죽일 방법이 아예 없는 것일까.

이제껏 누구도 성공하지 못했지만 불멸의 지배자로 불리
는 정단오 스스로는 자신의 죽음을 예상할 수 있었다.

수백 년을 살아왔어도 늙지 않았기 때문에 병이나 노환
으로 죽는 것은 상상할 수 없다.

어지간한 부상으로도 그의 회복력을 뛰어넘지 못한다.

그러나 한 번도 경험해보지 못한 경우의 수가 딱 두 개
있었다.

바로 심장이 부서지거나 목이 잘리는 것이다.

당연히 실험을 해본 적은 없지만 정단오는 자신의 목이
잘리거나 심장이 부서지면 불멸의 권능도 깨질 거라는 걸
알고 있었다.

처음 불멸의 권능을 얻고 스스로 어리둥절했을 때부터
명확했다.

누가 가르쳐주지 않아도 자기 자신에 대해서는 확실하게 아는 법이다.

다시 말해 불멸의 권능을 지닌 정단오도 목이 잘리거나 심장이 부서지면 죽는다.

한낱 필멸자로 돌아가는 것이다.

정단오는 자신의 권능을 돌아보며 어떻게 대한민국을 마비시킬지 생각했다.

영원불멸할 것 같은 대한민국 정부와 원로회 한국지부의 시스템도 머리와 심장이 날아가면 그 즉시 멈추게 될 터였다.

원로회 한국지부의 머리와 심장은 다름 아닌 엘더들이다.

엘더로 불리는 원로들의 수는 채 스물이 되지 못한다.

그 노괴들을 모두 죽이면 원로회 한국지부는 머리와 심장을 잃은 몸뚱이가 된다.

대한민국 정부의 머리와 심장은 대통령과 여야당의 수장, 그리고 국방부의 장성들이다.

정치와 국방의 핵심 인사들이 사라지는 초유의 사건이 벌어지면, 대한민국의 시스템은 하루아침에 마비될 것이다.

문제는 아직 원로회의 엘더들이나 대통령, 국방부 장관 등에게 다가설 여건이 마련되지 않았다는 사실이다.

가장 안전한 곳에서 지시를 내리는 그들을 손이 닿는 무대로 끌어내리려면 몇 단계를 더 거쳐야 한다.

그렇다면 머리와 심장 외에 노릴 수 있는 부위는 어디일까.

어디를 잘라내야 빅 브라더라는 공권력을 총 동원한 감시 작전을 정지시킬 수 있을까.

답은 간단했다.

우리 몸은 머리의 명령을 받으면 손발을 움직여 행동을 한다.

수족(手足)이라는 말이 괜히 있는 게 아니다.

대한민국 시스템의 수족을 잘라내면 빅 브라더 작전도 무용지물이 될 것이다.

전국의 CCTV를 판독하고 불심 검문과 사복 정보원을 이용해 정단오 무리를 쫓는 손발을 쳐내야 한다.

때로는 민중의 지팡이 역할을 하지만 대부분의 경우 권력의 개 노릇을 하는 경찰.

그들이 바로 정단오의 다음 타깃이었다.

"확실히 일리가 있는 말씀이긴 합니다, 마스터."

경찰을 노리겠다는 정단오의 말을 듣고 김상현이 고개를 끄덕였다.

이지아 없이 분당의 은신처에 둘만 앉아있으려니 공기가 사뭇 무거웠다.

둘은 이지아의 공백을 느끼며 은밀하고도 무서운 회의를 계속했다.

"마스터가 말씀하신 것처럼 경찰력에 타격을 입히면 빅 브라더 작전을 수행할 주체가 사라지겠지요. 오성 그룹의 타격으로 든든한 자금줄에 금이 간 원로회 한국지부와 정부도 손발을 잃는 격이 될 겁니다."

"방법은 간단하다. 아직까지 대한민국 정부 기관은 시스템으로 돌아가지 않고 철저하게 상명하복의 논리로 움직이지 않는가. 지휘 계통을 모조리 쓸어버리면 경찰이라는 거대한 조직도 한순간에 허수아비가 될 것이다."

"지휘 계통을 쓸어버린다……."

"불가능할 것 같나?"

"아닙니다. 그저 파급효과를 예상해 보고 있었습니다."

김상현은 한동안 입을 다물고 있었다.

그렇게 몇 분이나 지났을까.

머릿속으로 시뮬레이션을 돌린 김상현이 다시 말문을 열었다.

"경찰 지도부에 공백이 생기면 빅 브라더 작전을 실행할 동력이 사라질 겁니다. 더불어 국가 비상사태로 과거의 계엄령에 준하는 비상령이 실행될지도 모릅니다."

"계엄령에 준하는 비상령이라. 전시 상태와 비슷한 대응을 할 거라는 말이로군."

"그렇습니다, 마스터."

"좋군. 그리되면 꽁꽁 숨어있는 대통령과 군부의 장성들이 한 자리에 모여 보여주기식으로 모습을 드러낼 것 아닌가."

"아무래도 그럴 확률이…….."

"그러면서도 불안할 테니 한국지부의 원로들에게 직접 경호를 요청하겠지."

"현재 정부와 원로회 한국지부의 밀월관계로 미루어 볼 때 충분히 엘더들이 나설 수 있을 겁니다."

"이보다 더 좋은 해법이 있나, 김상현? 일석이조도 이런 일석이조가 없다. 빅 브라더 작전을 정지시키는 동시에 정부와 원로회 한국지부의 수뇌들을 한자리에 모을 수 있으니 말이다."

정단오는 빅 브라더 작전을 먹통으로 만드는 것뿐 아니라 어마어마하게 큰 그림을 그리고 있었다.

빅 브라더를 발동시킨 것이 정부와 원로회에겐 천추의 한이 될지도 모른다.

경찰 지도부를 쓸어버려 빅 브라더를 정지시키고 국가를 비상사태로 몰아넣는다.

대민 은행과 오성 그룹 평택 공장 사건에 이어 경찰 지도부까지 당하면 정부에서도 국민들을 안정시키기 위해 액션을 취할 수밖에 없다.

대통령과 국방부 장관 등이 직접 나서서 전쟁 태세에 준하는 각오로 비상령을 선포할 가능성이 높았다.

정단오는 그런 자리를 강제하여 대통령, 국방부 장관과 군부 장성들, 그리고 한국지부의 원로들을 끌어들여 일망타진의 무대를 만들려는 것이다.

이 땅의 기틀을 다진 독립군의 후손들을 죽이고 아티팩트를 갈취한 걸로도 모자라 능력자 세계의 룰을 어기고 부정부패를 일삼은 현재의 권력자들과 원로회. 그들의 머리와 심장일 날려버릴 수 있는 기회가 만들어질 것 같았다.

막연히 멀게만 생각했던 대혼돈.

이름만 들어도 소름이 끼치는 카오스를 곧 직접 볼 수도 있다는 생각에 김상현은 말을 잇지 못했다.

정단오가 예고한 카오스가 눈앞으로 성큼 다가오고 있었다.

＊　　＊　　＊

"오늘이 며칠째인데 아직까지 성과가 없는 거야? 어!"

"죄송합니다, 차장님."

"죄송해서 될 문제가 아니야! 이 일에 청장님과 우리 전부의 앞날이 달린 거 모르나?"

"동원 가능한 인력을 최대한으로 활용하고 있습니다."

"전국의 CCTV와 경찰력, 게다가 비밀 첩보원에 정보원들까지 쓰는데 테러리스트의 꼬리도 못 잡는 게 말이 되나 이 말이야."

차장이라 불린 중년인이 호통을 치고 있었다.

공식적으로 치안정감에 해당하는 경찰청 차장은 대한민

국 경찰의 NO. 2이다.

치안총감인 경찰청장을 제외하면 수많은 경찰 중에서 두 번째로 높은 사람이었다.

적어도 경찰 내부에서는 일인지상 만인지하의 자리에 오른 사람이 빅 브라더 작전의 성과를 놓고 화를 내는 중이었다.

그와 같은 회의실에서 호통을 듣는 이들의 면면도 화려하기 그지없었다.

치안정감 바로 아래 계급인 치안감에 해당하는 경찰청 국장들이 마치 어린 학생처럼 혼이 나고 있었다.

경찰청의 국장이라면 권력의 핵심이다.

지방경찰청의 청장과 비교해도 꿀리지 않는 자리지만 호통을 치는 상대가 경찰청 차장이니 별다른 도리가 없었다.

그저 고개를 푹 숙이고 혼이 나는 것밖에는.

오늘의 소란은 곧바로 지방경찰청의 청장들에게도 전해질 것이다.

빛나는 태극무궁화 세 개를 부착한 치안정감 이순호는 화풀이나 하려고 국장들을 질책하는 게 아니었다.

경찰청의 국장들이 문책을 받았다는 사실은 여러 경로를 통해 서울, 부산, 경기 그리고 각 지방의 경찰청장들에게 전해질 것이다.

경찰청 본청에 심어놓은 그들의 사람들이 소식을 전할 게 분명했다.

경찰청 차장 이순호가 노리는 건 간단했다.

지금의 문책으로 인해 같은 치안정감 계급에 해당하는 서울, 부산, 경기 경찰청장들과 한 계급 아래 치안감인 타지방 경찰청장들에게 간접적으로 압력을 넣으려는 것이다.

경찰청 본청의 핵심인 국장들도 말단 순경처럼 혼쭐이 나고 있으니 각 지방경찰청도 긴장하고 얼른 성과를 내라는 뜻이 담겨 있었다.

쾅─!

이순호가 질책의 임팩트를 더하기 위해 원목 탁자를 내려쳤다.

최고급 자단목으로 만들어진 탁자가 기우뚱거리며 찻잔이 들썩거렸다.

어지간해선 나오지 않는 행동이지만 그만큼 질책에 무게감을 싣기 위함이었다.

"아무튼 일주일 내로 테러리스트 주범이든 동조자든 조력자든 뭐라도 건져내야 될 거야. 단서를 잡는 쪽은 누가 됐든 그 라인 전체 다 특진은 따 놓은 당상이고. 본가에서도 기대가 크다는 거, 명심들 해두라고. 경찰이 창설된 이래 이렇게 대대적인 작전은 처음이니 반드시 성과를 내야만 해!"

"네, 차장님!"

"명심하겠습니다!"

짜증나는 문책 시간이 끝나감을 직감한 국장들이 큰 소

리로 대답했다.

이순호가 언급한 본가는 다름 아닌 청와대를 뜻한다.

경찰대학을 졸업하고 본청 국장이 되기까지 탄탄대로를 걸어온 국장들은 자신들의 커리어를 지키기 위해서라면 무슨 일이든 할 수 있었다.

경찰청장, 차장, 각 지방청의 수장과 본청 국장들 모두 빅 브라더 작전을 성공시키는 데 혈안이 될 수밖에 없었다.

"나가 봐."

이순호의 말이 떨어지기 무섭게 자리에서 일어난 국장들이 허리를 깊이 숙였다.

이윽고 밖으로 나가는 국장들의 뒷모습을 쳐다본 이순호가 혀를 찼다.

이제 곧 국장들이 개박살 났다는 문책 소식이 전국 각 지방청장들에게 전달될 것이다.

이순호는 각 지방청에서 빠릿빠릿하게 움직여 단서를 잡아내길 기대하며 정복을 챙겼다.

어차피 정규 퇴근시간은 한참 전에 넘겼고, 오늘 자신이 할 일을 마쳤으니 찝찝한 기분도 풀 겸 집으로 가려는 것이다.

마음 같아선 단골 텐프로 룸에 가고 싶지만 요즘 같은 시기에는 몸을 사려야 한다.

대민 은행과 평택 공장이 속절없이 털리며 경찰력에 대한 불신이 최고조로 올라와 있기 때문이다.

"기사 대기시켜."

"네, 차장님!"

그의 지시를 받은 전담 비서가 운전기사를 호출했다.

경찰청 본청 입구로 나가기까지 수많은 부하들의 인사를 받은 이순호는 어느새 준비된 자신의 차에 올라탔다.

전국 경찰의 이인자인 치안정감에게는 나라에서 업무용 차를 제공해준다.

검은색 대형차 뒷좌석에 앉은 이순호는 평소처럼 기사에게 지시를 내렸다.

"바로 집으로 가."

"네, 네."

과묵한 운전기사가 말을 더듬었지만 이순호는 크게 개의치 않았다.

그는 매일 보는 운전기사의 작은 변화를 챙길 만큼 섬세한 사람이 아니었다.

게다가 지금은 빅 브라더 작전을 통해 경찰력을 총동원하고 있는 상황이다.

다른 것을 신경 쓰기엔 이순호의 머리가 너무 복잡했다.

부와앙-.

곧이어 검은색 대형차가 엔진소리를 내며 경찰청 본청 건물을 빠져나왔다.

서대문에 위치한 경찰청을 빠져나와 강남까지 가려면 한강을 건너야 한다.

퇴근 시간을 지났어도 서대문에서 명동을 에둘러 남산터널을 지나는 길은 늘 막힌다.

피로감과 스트레스에 교통 체증이 더해지니 이순호의 표정이 밝을 리 없었다.

그때 운전기사가 실내 방향제로 보이는 것을 통풍기에 꽂으며 입을 열었다.

"스트레스를 풀어주는 아로마 방향제를 준비했습니다, 차장님. 향이 별로면 말씀해주십시오."

"뭘 또 쓸데없이 안 하던 짓을 하고 그래."

이순호는 말은 퉁명스럽게 하면서도 운전기사의 배려가 싫지 않은 듯 코를 킁킁거렸다.

기사의 말처럼 은은한 향이 제법 괜찮았다.

3분 정도 가만히 창밖을 바라보던 이순호가 입술을 움직였다.

"이거 무슨 향인가? 나쁘지 않……."

풀썩-!

그는 말을 끝맺지 못했다.

내내 어지럽던 것이 심해져 자신도 모르는 사이 옆으로 고꾸라졌다.

갑자기 잠이 들었다기엔 타이밍이 너무 부자연스러웠다.

이순호가 말을 하다 말고 쓰러졌는데도 운전기사는 아무렇지 않게 차를 몰았다.

이제 보니 그는 어느새 알아보기 힘들 정도로 투명하고 작은 사이즈의 특수 방독면을 착용하고 있었다.

게다가 차를 틀어 강남 반대 방향으로 운전을 계속했다.

자신의 운명을 조금도 모르는 이순호는 정체 모를 향에 취해 숙면에 빠졌다.

눈을 뜨는 순간, 그는 안락한 집 대신 전혀 다른 광경을 보게 될 터였다.

*   *   *

툭! 툭툭!

깊은 잠에 빠졌던 이순호는 누군가 자신의 뺨을 두들기는 느낌을 받았다.

머리가 깨질 것처럼 아팠지만 그는 짜증 내는 것을 잊지 않았다.

"뭐 하는 거야? 박 기사!"

잠이 들었다고 뺨을 두들겨 깨우다니, 그동안 운전기사에게 너무 잘해준 것 같았다.

하지만 눈을 뜬 그는 상황을 파악하지 못했다.

무표정한 얼굴로 자신의 뺨을 두들겨 깨운 사람의 얼굴이 낯설었기 때문이다.

아니, 정확하게 말하면 낯설면서도 묘하게 익숙한 얼굴

이었다.

분명한 건 몇 년째 그의 자동차를 운전해온 기사의 얼굴은 아니었다.

"누, 누구야? 기사는 어디로 갔고?"

"경찰청 차장 이순호, 공식 직급은 치안정감. 대한민국 경찰의 이 인자."

"뭐라는 거야? 아니, 그보다 여기 어디야! 넌 누구냐고!"

이순호가 상체를 일으키며 목소리를 높였다.

마음 같아선 당장에라도 손을 날려 눈앞의 건방진 놈의 싸대기를 후려치고 싶었다.

그런데 계속 머리가 무겁고 온몸에 제대로 힘이 들어가지 않았다.

"판단력까지 흐려졌나 보군, 이순호."

"뭐?"

"내가 누구인지 모르겠나. 경찰청에서 내 몽타주를 만들어 수배한 걸로 아는데."

"몽타주……?"

이순호는 자신을 깨운 낯선 남자의 얼굴을 자세히 쳐다봤다.

비현실적으로 새하얀 피부, 차가움이 묻어나오는 눈, 연예인처럼 오뚝한 코, 그리고 눈 밑의 흉터까지.

그제야 정체불명의 젊은 남자가 왜 익숙하게 느껴졌는지

알 것 같았다.

뒤늦게 상대의 정체를 깨달은 이순호가 비명을 지르듯 목소리를 토해냈다.

"테, 테러리스트!"

그는 경찰청 차장이지만 능력자의 세계에 대해 알 정도로 고위직은 아니었다.

그렇기에 다른 사람들처럼 정단오를 반국가 테러리스트라 생각하고 있었다.

"니, 니가 어떻게… 여긴 어디야? 대체 뭐가 어떻게 된 거냐고!"

이순호가 발악하듯 소리를 질렀지만 들어줄 사람은 하나도 없었다.

정단오에 의해 회유된 운전기사는 지금쯤 가족과 함께 동남아로 날아가는 비행기에 타고 있을 것이다.

그리고 이곳은 주위에 인적이라고 찾아볼 수 없는 공터였다.

안이한 마음가짐으로 실탄이 장전된 총을 놔두고 퇴근한 이순호에게 빠져나갈 구멍은 없었다.

물론 총을 들고 있었어도 달라지는 건 없었겠지만 말이다.

"나와라."

정단오가 반쯤 넋이 나간 이순호에게 명령을 내렸다.

하지만 이순호는 눈알을 굴리며 어떻게 이 상황을 타개

할지 골몰했다.

"경찰의 이 인자가 말귀를 못 알아듣는군."

결국 정단오가 손을 뻗어 이순호의 목을 틀어쥐었다.

그는 어린아이를 다루는 것처럼 손쉽게 이순호의 온몸을 자동차 밖으로 끌어냈다.

털썩-.

짐을 던지듯 바닥에 이순호를 팽개친 정단오가 잠깐 하늘 저편을 바라봤다.

이럴 때 이지아가 있었으면 손쉽게 이순호의 정신을 읽어냈을 것이다.

새삼 그녀의 부재를 아쉬워한 정단오가 서릿발 같은 눈빛으로 이순호를 노려봤다.

바닥에 주저앉은 이순호는 이름 모를 공터에 끌려온 자신의 처지를 실감했는지 패닉에 빠졌다.

그의 입장에선 반국가 테러리스트의 손에 잡힌 것이다.

대민 은행과 오성 그룹 평택 공장을 쑥대밭으로 만든 주범이 눈앞에 있으니 제아무리 경찰청 차장이라고 해도 겁이 날 수밖에 없었다.

"나, 날 죽일려고?"

"전쟁의 의미를 알고 있나, 이순호."

정단오는 대뜸 전쟁이란 말을 꺼냈다.

다소 뜬금없는 말에 이순호가 눈을 크게 뜨고 정단오를 바라봤다.

사상 초유의 테러를 일으킨 범인이 자신을 살려줄 가능성이 있을지 가늠하느라 정신이 없는 것 같았다.

  정단오는 이순호의 반응을 살피지 않고 담담하게 말을 계속했다.

  "최전선에서 싸우는 병사들 대다수에게는 아무런 잘못이 없다. 그저 위에서 시키는 대로, 자신들의 싸움이 정의라 믿으며 칼을 휘두를 뿐."

  "……."

  "내가 원하는 건 이 전쟁을 발발시킨 적장의 목이다. 하지만 적장에게 나아가려면 병사들을 베어야만 한다. 무슨 말인지 알겠나?"

  "그, 그러니까 설마……."

  이순호의 눈동자가 두려움으로 물들었다.

  정단오는 그의 눈을 똑바로 마주보며 단호하게 고개를 끄덕였다.

  "설마가 맞을 것이다. 너를 베어 그 뒤에 도사리고 있는 적장에게 다가갈 것이다."

  "대, 대체 무엇을 노리기에 이런 미친 짓을 하는 거지! 대체 왜!"

  죽음을 앞두자 이성의 끈이 끊어진 모양이다.

  이순호가 몸을 비틀며 절규를 토해냈다.

  하지만 곧이어 들려온 정단오의 대답에 그는 입을 크게 벌리고 말았다.

상상을 초월하는 한 마디 앞에서 모든 반항이 무의미함을 깨달았기 때문이다.

"대한민국의 뿌리를 바꿀 것이다."

국가의 뿌리를 논하는 사람 앞에선 경찰청 차장도 일개 병사가 될 뿐이다.

정단오 하얗고 긴 손가락으로 이순호의 목을 잡았다.

혈도 중에서 사혈(死穴)을 눌러 고통 없이 단번에 숨을 빼앗는 게 이순호를 향한 최대한의 배려였다.

"윽!"

외마디 신임을 뱉은 이순호의 몸이 앞으로 고꾸라졌다.

순식간에 생명을 잃은 그의 몸이 공터의 바람을 맞아 급속히 싸늘하게 식어갔다.

정단오는 영혼이 떠나간 이순호의 몸을 들어 다시 자동차 뒷좌석에 넣었다.

과연 이곳에 세워둔 자동차와 시신이 언제쯤 발견될지 모른다.

어쨌거나 대한민국 경찰은 하루 침에 지도부 대다수를 잃게 될 것이다.

같은 시각, 선비촌 청년들은 주요 지방청의 청장들을 정리하고 있었다.

경찰 지도부를 향한 정단오와 선비촌의 맹폭격이 부패한 권력의 정신을 쏙 빼놓을 것 같았다.

*   *   *

부산 경찰청장 최두식은 지친 몸을 이끌고 아파트 엘리베이터에 탔다.

그는 투박한 이름처럼 험상궂은 외모를 자랑했다.

경찰 정복을 입지 않으면 조직폭력배 두목으로 오해를 사는 경우가 많았다.

하지만 최두식 역시 여느 경찰청장들처럼 서울대보다 들어가기 어렵다는 경찰대학을 졸업한 엘리트 형사 출신이었다.

그는 경찰 내부에서도 문무(文武)를 겸비한 인재로 명망이 높았고, 결국 서울과 경기에 이어 세 번째로 큰 지방청인 부산 경찰청의 청장이 되는 영광을 누렸다.

오직 세 곳의 지방청 청장만 치안정감이라는 계급을 부여 받는다.

타 지역의 청장들의 공식 계급은 치안감이다.

그러나 서울, 경기, 부산 경찰청의 청장들은 치안정감으로서 본청 차장이나 경찰대학 총장과 동일한 대우를 지위를 누리는 것이다.

물론 다 같은 치안정감이라고 해서 평등한 건 아니었다.

경찰청 본청의 이 인자인 차장 이순호가 국장들을 불러 호통을 쳤다는 게 전해졌고, 실시간으로 소식을 접한 최두식은 부산 경찰청 내부를 달달 볶을 수밖에 없었다.

이순호의 액션이 지방청 청장들을 향한 무언의 압박이라는 걸 바로 알아차렸기 때문이다.

애초에 그 정도 센스와 눈치가 없었으면 부산 경찰청장이 되지도 못했을 것이다.

위로 압박을 받고 아래로 부하들을 달달 볶아야 하는 처지의 고충이 만만찮기 때문일까.

밤늦게 퇴근해 엘리베이터에 탄 최두식은 나이보다 몇 년은 더 늙어 보였다.

"빅 브라더… 말은 쉽지. 대부분 경기도에서 설치는 거 같더만 우리보고 뭐 우짜라고 지랄이고, 지랄은."

최두식은 엘리베이터에서 혼잣말로 울분을 터트렸다.

반국가 테러리스트들의 흔적을 찾으라는 빅 브라더 작전이 전국적으로 실행되고 있었고, 부산 경찰청 또한 기존의 일 외에 추가적으로 작전을 수행하며 가뜩이나 살벌하던 업무량이 폭주했다.

부산 지역 CCTV를 분석하고 정보원을 활용하는 것, 불심 검문으로 추가적인 탐문을 하는 것 등 어느 하나 쉬운 일이 없었다.

정작 테러리스트들은 서울 시내와 평택에서 사고를 쳤는데, 부산 경찰청까지 빅 브라더 작전을 수행하느라 발에 땀이 나도록 뛰게 됐으니 내부에서도 불만이 고조되고 있었다.

"으휴-!"

띠잉!

한숨을 터트리자 엘리베이터가 13층에 도착했다.

최두식은 오랜만에 집에서 휴식을 취할 생각에 표정을 풀고 현관 앞에 섰다.

삑삑삑삑−.

번호키에 비밀번호를 누르자 현관문이 자동으로 열렸다.

경찰 입장에서 아파트 번호키는 불안하기 짝이 없는 잠금장치다.

하지만 그는 부산 경찰청장답게 제대로 된 보안업체가 지켜주는 고급 아파트 단지에 살고 있다.

확실히 높은 자리에 오르게 되면 자잘한 것에 신경 쓸 필요가 없어진다.

현관문을 벌컥 열고 들어선 그는 신발을 벗으며 목소리를 높였다.

"다들 자나?"

늦은 밤이었기에 집 안은 조용했다.

신발을 벗고 집안에 발을 내디딘 최두식은 오래지 않아 지금의 조용함이 의도적으로 연출됐다는 걸 깨달았다.

의식적인 적막. 이곳은 그의 집이지만 모든 공기가 낯설다.

오랜만에 집에 들어와서는 아니다.

최두식은 왕년에 강력계를 호령하던 형사로서의 감각이 살아나는 걸 느꼈다.

하지만 때는 너무 늦었고, 나이 들어 부산 경찰청장이자 치안정감이 된 그에게는 상황을 뒤집을 힘이 없었다.

물론 한창 이름을 날리던 젊은 시절이었어도 갑자기 팔다리를 부여잡는 투명한 바람의 힘을 이겨낼 방법은 없었을 것이다.

휘위익-.

꽈아아악!

어디선가 생성된 바람이 최두식의 사지를 결박했다.

눈에 보이는 건 아무것도 없는데 팔다리가 꽁꽁 묶여 움직이는 게 불가능해졌다.

누가 보면 최두식이 마임 연기를 한다고 생각할 것 같았다.

"뭐, 뭐꼬?"

놀란 그의 입에서 비명에 가까운 물음이 튀어나오기 무섭게 안방에서 청년 두 명이 걸어 나왔다.

자기 집 안방에서 낯선 청년 둘이 나오는 걸 본 최두식은 눈이 튀어나올 지경이었다.

"느그들 뭐 하는 놈들이고!"

부산 경찰의 수장인 그의 물음에도 청년들은 일언반구 대답을 주지 않았다.

대신 알아듣기 힘든 말을 중얼거렸다.

"바람의 신령이 그 목을 움켜지고……!"

"신수의 정령이 숨을 막을지니!"

두 명의 청년이 진언을 외웠다.

평상복을 입었지만 선비촌 출신임이 분명한 둘은 자신들의 능력이 일으키는 이적을 담담히 지켜봤다.

최두식의 사지를 묶은 바람은 그의 목을 조였고, 난데없이 허공에서 나타난 물줄기가 코와 입을 틀어막았다.

부산 경찰들의 우두머리인 최두식이 질식을 하는 데에 걸린 시간은 고작 1분 남짓이다.

순식간에 부산 경찰청장을 쓰러트린 선비촌 청년 둘은 별다른 감흥을 느끼지 못하는지 뚜벅뚜벅 걸어서 아파트 밖으로 나갔다.

남은 흔적은 쓰러진 최두식 근처에 뿌려진 물방울뿐이다.

바람은 흔적을 남기지 않는다.

오행 중에서 물의 힘은 흔적을 남기지만 국과수가 출동해도 물방울로 뭔가를 알아내진 못할 것이다.

경찰청의 이인자 이순호가 경기도의 어느 공터에서 정단오에게 쓰러진 시각, 부산에서는 최두식이 물과 바람에 의해 질식했다.

이뿐이 아니었다.

전국 각지에서 경찰 지도부의 주요 인사들을 향한 무차별적 폭격이 이어지고 있었다.

빅 브라더 작전의 손발 역할을 한 경찰은 역사상 최악의 하룻밤을 보내는 중이었다.

날이 밝으면 대한민국 경찰력이 하루아침에 와르르 무너진 현장을 목격하게 될 것이다.

카오스, 대혼돈을 향한 정단오의 행보는 이렇듯 거침이 없었다.

경찰이라는 손발을 잘라내 머리와 심장에 해당하는 권력을 불러내기 위한 걸음이 순조롭게 이어졌다.

뿌리부터 썩은 대한민국, 원로회 한국지부와 정치권 그리고 재벌 대기업의 결탁으로 완전히 망가진 조국을 바로잡기 위한 정단오의 수술이 집도되고 있는 것 같았다.

고름을 짜낼 때는 더없이 고통스럽겠지만 썩은 기름을 빼내야만 새살이 돋아난다.

전국에 걸쳐 경찰 지도부에 맹폭격을 가한 정단오는 과거 목숨을 바쳐 지켜냈던 조국을 망하게 하려는 것이 아니었다.

그는 카오스 뒤에 찾아올 새로운 미래의 가능성을 믿고 썩은 부위를 도려내는 것이다.

동 트기 전이 가장 어둡듯이 썩은 세상을 어둡고 어두운 혼돈으로 정화시켜 밝은 아침을 되찾는 것이 정단오에게 주어진 운명이었다.

9장
혼돈의 전조(前兆)

갑작스러운 기자 회견이 준비됐다.

그것도 무려 대한민국 경찰청장이 직접 나서서 전 국민을 대상으로 회견을 하게 된 것이다.

국내에 한 명뿐인 치안총감이자 대한민국 경찰의 수장인 청장이 직접 기자회견을 하는 경우는 무척 드물다.

그러나 경찰력이 하루아침에 무너진 국가적 비상사태에서는 별다른 도리가 없었다.

지난밤 이후 경찰청 본청 차장을 비롯해 부산과 서울, 경기도 청장이 모두 실종되거나 사망했다.

부산 경찰청장 최두식이 자택에서 질식한 채 발견됐으나 범인을 잡지 못했고, 흉기와 살인 방법까지 오리무중이었다.

본청 차장 이순호는 퇴근을 하고 연락이 끊겨 CCTV로 그의 차량이 이동한 경로를 찾고 있는 중이다.

서울과 경기도 경찰청의 청장도 유령처럼 증발해 버린 건 마찬가지였다.

치안정감이라는 계급을 지닌 대한민국 경찰 조직의 핵심 우두머리들이 모조리 사라진 것이다.

갑작스러운 수장의 실종과 사망으로 서울, 경기, 부산의 경찰청은 대공황 상태에 빠지고 말았다.

본청의 실무를 주관하는 차장 이순호의 공백 역시 뼈아팠다.

그 밑의 대리인들이 수습을 할 수 있는 수준이 아니었다.

하룻밤 사이에 치안정감들이 사라졌는데 조직이 제대로 돌아갈 리 없었다.

실질적으로 대한민국 경찰 조직의 주요 시스템이 하루 만에 파괴된 것이다.

대민 은행, 오성 그룹 평택 공장 사건에 이어 경찰의 최고위 간부들이 테러의 세 번째 희생양이 됐다.

국민들의 공포감은 이전과 비교할 수 없이 커졌고, 심지어 외국인들의 출국 러시가 줄을 잇기 시작했다.

사람과 함께 투자자들이 빠져나가는 건 가장 안 좋은 징조다.

대한민국의 대외 신용도는 계속해서 하락세를 이어갔고,

더 심각한 건 탈출의 기미가 보이지 않는다는 점이었다.

정부에서는 반국가적 테러리스트 세력을 거의 다 추적했다고 발표했지만 믿는 사람은 아무도 없었다.

그렇기에 오늘 경찰청장이 직접 기자회견을 하며 대한민국 경찰의 수장으로서 기개를 보여줘야만 한다.

불안에 떨고 있는 국민들과 싸늘한 시선으로 한국 상황을 지켜보는 세계 앞에서 아직 경찰 조직이 건재함을 증명해야만 하는 것이다.

"청장님께서 나오시겠습니다."

기자회견 진행을 맡은 간부가 경찰청장의 입장을 알렸다.

넓은 회견장을 빼곡히 채운 국내외 기자들이 일제히 플래시를 터트리며 경찰청장의 모습을 카메라에 담았다.

전국과 전 세계에 실시간으로 생중계되는 기자회견이기에, 동원된 조명과 음향, 방송 장비들도 만만치 않았다.

경찰청에서 기자회견을 할 때 으레 사용되는 본청 접견실에 이렇게 많은 기자들이 모인 건 처음이었다.

처억.

정복을 차려입은 경찰청장이 단상 위에서 허리를 90도로 숙였다.

대한민국 경찰의 우두머리가 90도 인사를 하는 건 극히 이례적인 사건이다.

이윽고 허리를 편 그가 마이크 앞에서 준비해둔 회견문

을 읽었다.

"먼저 연이은 테러 사건으로 불안해하고 계신 국민 여러분께 대한민국 경찰의 대표로서 사죄를 드립니다. 어젯밤, 또다시 불행한 사고가 일어나고 말았습니다. 본청 차장을 비롯해 지방청 청장들을 대상으로 테러임이 분명한 실종, 사망 사고가 발생했습니다. 앞서 대민 은행과 오성 그룹 평택 공장에서 사건을 일으킨 테러리스트들과 동일 세력이 저지른 범행으로 보입니다. 우리 경찰이 테러리스트들의 실마리를 쫓아가자 위급함을 느낀 그들이 악수를 둔 것 같습니다. 이에 우리 경찰은 조금도 당황하지 않고 의연하게 자기 자리를 지키며 민중의 지팡이로서 테러리스트들을 추적하겠습니다. 아울러 아직 행방이 밝혀지지 않은 실종자들을 찾는 데 총력을 기울일 것입니다. 최근 국가 혼란을 노리고 사건을 일으킨 테러리스트들의 실체는 머지않아……."

구구절절 길고 긴 회견문이 낭독됐다.

지루하고 예상 가능한 범주의 이야기지만 기자들은 진지하게 회견 발표를 지켜봤다.

워낙 큰 사건이 연달아 터졌고, 경찰청장이 직접 나서서 회견문을 읽고 있으니 집중할 수밖에 없었다.

곧이어 낭독을 마친 경찰청장은 예정된 질의응답을 받기로 했다.

평소 같으면 청장 대신 대리인이 나와서 기자들의 질문

을 받았을 것이다.

하지만 지금은 예외다.

대통령이 직접 경찰청장에게 전화를 걸어 최선을 다해 사태를 수습하라고 지시를 내렸다.

제아무리 경찰의 수장인 청장이라고 해도 대리인을 내세워 면피할 처지가 아닌 것이다.

"경찰청장님, 먼저 자택에서 사망 확인이 된 부산 경찰청의 최두식 청장의 사건 경위에 대해 자세히 알고 싶습니다."

정해진 순서에 따라 첫 번째 질문을 맡은 베테랑 기자가 입을 열었다.

"에… 그 사건의 경우는……."

경찰청장은 말을 더듬거리면서도 최선을 다해 답을 해주었다.

오늘 기자회견은 전 국민, 나아가 세계로 중계되는 자리다.

청와대로부터 국민들의 불안감을 해소하고 경찰력이 건재함을 증명하라는 미션이 떨어졌기에 경찰청장의 표정은 어느 때보다 진지했다.

사실은 그도 미치고 팔짝 뛸 지경이었다.

직속 부하인 경찰청 차장이 실종됐고 지방 경찰청의 청장들이 한순간에 사망했는데, 이성을 유지하기 힘들 수밖에 없었다.

언론에는 테러리스트들의 꼬리를 거의 다 잡았다고 발표했지만, 실상 손에 쥐어진 정보는 쥐뿔도 없다.

경찰 조직의 핵심 인력들이 한 번에 사라지는 바람에 정부와 공조해 야심차게 추진한 빅 브라더 작전도 무용지물이 될 판국이었다.

"후우─."

힘겹게 기자들의 질문을 받아넘긴 경찰청장이 저도 모르게 한숨을 내쉬었다.

마이크를 통해 한숨 소리가 새어 나왔지만 어느 기자도 비웃지 않았다.

그들도 경찰청장이 얼마나 심각한 상황에 처했는지 알기 때문이다.

그때 다음 순서를 맡은 기자가 손을 들며 자리에서 일어났다.

"아, 다음 질문입니까?"

경찰청장이 손수건으로 땀을 닦고 기자를 쳐다봤다.

그런데 일어선 기자가 지나치게 젊어 보였다.

오늘 회견에는 각 언론사에서 최고의 베테랑만을 파견했다.

하지만 외모로 트집을 잡을 순 없는 법, 경찰청장은 기자의 입에서 어떤 질문이 나올지 기다렸다.

대략 예상 질문의 범주가 정해져 있지만, 그래도 매번 긴장되는 건 어쩔 수 없었다.

"존경하는 경찰청장님. 대한민국 국민들을 수호해야 할 경찰이 정치권력, 그리고 재벌과 결탁해 온갖 부정을 저질렀다면 어떤 심판을 받아야 합니까?"

"뭐… 뭐라고요? 지금 뭐라고 했습니까?"

난데없는 폭탄 발언에 경찰청장이 말을 더듬었다.

조용하던 기자회견장도 술렁거렸다.

외신 기자들은 국내 기자들의 반응에 놀라며 방금 젊은 기자가 한 말을 빨리 해석하라고 통역원을 다그쳤다.

"뭐야, 저거?"

"갑자기 무슨 미친 소리야?"

"야, 저 기자 누구야? 어디 소속!"

베테랑 기자들이 젊은 기자의 신분을 확인하게 위해 고개를 돌리고 손가락질을 했다.

그 순간, 일어서있던 젊은 기자가 작은 소리로 알 수 없는 말을 중얼거렸다.

"바람의 파편이여, 칼날처럼 일어나라."

중얼거림이 끝나기 무섭게 기자회견장으로 사용된 경찰청 접견실에 믿기 힘든 일이 벌어졌다.

쨍그랑-.

와장창창!

CCTV는 물론이고, 회견을 중계하는 카메라가 모조리 부서졌다.

오직 단 한 대, 경찰청장을 정면으로 비추고 있는 카메라의 렌즈만 멀쩡했다.

이윽고 여러 명의 기자들 사이에서 또 한 사람이 일어났다.

그의 낮게 깔린 목소리는 우왕좌왕하는 백여 명의 사람들을 압도하기에 충분했다.

"부패한 경찰은 없느니만 못하다."

묵직한 음성과 함께 경찰청장이 짚고 서있는 단상이 폭발했다.

콰콰쾅-!

순식간에 터진 폭발이 경찰청장을 휩쓸었다.

대한민국 경찰 조직의 우두머리가, 생중계되는 단 한 대의 카메라 앞에서 비극적인 최후를 맞이한 것이다.

사상 초유의 일을 벌인 두 명은 아비규환이 된 장내에서 서로를 바라보며 고개를 끄덕였다.

이곳은 수백 명의 경찰이 근무하는 경찰청 본청 접견실이다.

이런 짓을 벌이고 절대 빠져나갈 수 없는 공간이지만, 둘에겐 문제가 되지 않았다.

기자로 위장해 카메라와 CCTV를 깨부순 선비촌 청년과 경찰청장에게 최후를 선사한 정단오가 몸을 날렸다.

"으아아아악-! 경찰청장이, 청장이!"

"테, 테, 테러리스트다!"

"테러리스트! 경찰, 경찰들 다 어디 있어?"

패닉 상태에 기자들이 저마다 비명에 가까운 소리를 지르며 경찰을 찾았다.

경찰청에서 최고 우두머리인 청장이 쓰러졌는데 다른 경찰을 찾아야 하는 아이러니한 상황이었다.

두두두두-.

소란을 듣고 무장경찰들이 접견실로 몰려들었다.

실탄이 장전된 권총을 들고 급하게 진형을 갖춘 경찰들의 수가 점점 늘어났다.

하지만 정단오는 눈에 보이지 않는 무형의 기운으로 경찰들을 한 방에 밀어냈다.

후우웅!

초음파 폭탄이라도 터진 것처럼 길을 막은 경찰들이 한 무더기로 쓰러졌다.

정단오와 선비촌 청년은 대한민국 경찰청 전체를 압도하며 유유히 빠져나왔다.

TV로 생중계되는 기자회견 중에 경찰청장이 테러 당한 일은 전 세계적으로도 전무후무했다.

아마 이 사건은 국제 뉴스의 토픽이 될 것이다.

정단오와 선비촌 청년의 얼굴은 카메라에 노출되지 않았지만, 능력자 세계에서 화제가 될 게 분명했다.

능력자들은 사건 개요만 들어도 평범한 일반인들이 저지른 일이라곤 생각하지 않을 것이었다.

정단오는 능력자 세계, 특히 다른 국가의 원로회에 사건이 알려질 위험을 감수하고 사상 초유의 일을 저질렀다.

단순히 경찰의 최고 간부들을 쓰러트리는 것으로는 부족했기 때문이다.

이렇듯 독한 수를 써서까지 경찰력을 마비시키고 한국 전체를 혼란으로 밀어 넣으려는 이유는 간단했다.

빅 브라더 작전을 파괴함과 동시에 꽁꽁 숨어있는 청와대와 원로회 한국지부의 머리들을 끄집어내기 위함이었다.

전 국민들과 세계가 지켜보는 가운데 경찰청장이 속수무책으로 당했으니 청와대의 수뇌부가 전면에 나설 수밖에 없다.

대통령과 장관들이 나서면 원로회 한국지부도 움직일 터였다.

경찰력을 마비시키며 일거양득의 전리품을 챙긴 정단오는 전 세계를 경악시킨 채 홀연히 자취를 감췄다.

빅 브라더 작전이 발동된 걸 기회로 삼아, 적들의 턱에 카운터펀치를 제대로 꽂아 넣은 것이다.

이제 누구도 감히 그의 다음 행보를 예측하지 못할 것 같았다.

원로회 한국지부도 정단오가 이런 식으로 경찰을 무력화시킬 거라곤 상상조차 못했을 터다.

모든 것을 혼돈으로 되돌리겠다는 정단오의 각오는 허언이 아니었다.

썩은 나무의 뿌리를 도려내고 더러운 기득권을 무(無)로 돌리려는 그의 보폭이 세상을 뒤덮고 있었다.

*　　*　　*

"이제 정말 어쩔 수가……."

콰앙!

보고를 받은 원로회 한국지부의 백영운이 탁자를 내리쳤다.

벌써 몇 개의 탁자를 부숴버린 건지 일일이 세기도 힘들 지경이었다.

정부와 합작해 빅 브라더 작전을 실행했을 때만 해도 독 안에 든 쥐를 잡는 기분이었다.

비록 정단오와 선비촌에 의해 꽤 큰 타격을 입었지만 빅 브라더로 꼬리를 잡고 일망타진하면 모든 게 원래대로 돌 아올 것 같았다.

하지만 잘못된 판단이었다.

수백 년의 세월을 살아왔다는 정단오는 과연 현대의 상 식으로 재단하기 불가능한 상대였다.

설마 경찰 고위 간부들을 모조리 쓰러트리고 기자회견장 에서 경찰청장까지 죽여 버릴 줄은 몰랐다.

미리 카메라와 CCTV를 터트린 덕에 자세한 과정이 방 송되진 않았다.

그렇기에 국민들은 테러리스트가 경찰청을 안방처럼 드

나들며 마이크가 설치된 단상에 폭탄을 심어 놓았다고 믿었다.

그 나름대로 국민들의 불안을 고조시키기 충분한 일이지만, 실상은 달랐다.

능력자들은 경찰청장을 잡고 있던 방송 화면만 보고도 이상한 느낌을 받았을 것이다.

동시에 모든 카메라와 CCTV 렌즈가 파괴된 것, 그리고 경찰청장이 서있던 단상이 폭발한 것은 특별한 능력이 개입되어야 가능한 일로 보였다.

그렇기 때문에 백영운은 세계 원로회로부터 공식 문서를 받았다.

최근 한국에서 연달아 터진 테러 사건, 그리고 전 세계에 생중계되는 도중 살해당한 경찰청장 사건에서 능력자의 개입이 의심된다. 원로회 한국지부에서는 이와 관련된 정보를 수집해 세계 원로회로 보고하라는 내용이었다.

만약 정단오와 선비촌의 능력자들이 테러의 주범인 게 세계 원로회에 알려지면 여러모로 골치가 아파진다.

단순히 그들이 룰을 어겼으니 세계 원로회가 힘을 보태 징벌해달라고 말할 수 없었다.

자초지종을 설명하다 보면 정단오가 왜 저렇게 미쳐 날뛰는지 이유를 알려야 하기 때문이다.

먼저 룰을 어긴 것도, 현실 세계에 개입해 살인과 각종 부패 범죄를 저지른 것도 모두 원로회 한국지부다.

백영운은 어떻게 해서든 일이 더 커지기 전에 사건을 정리해야 한다는 걸 뼛속까지 체감했다.

　자칫 세계 원로회가 나서서 조사단이라도 파견하면 한국지부는 모든 권한을 잃고 제명당할지 모른다.

　백영운은 손에 피가 나도록 주먹을 꽉 쥐고 부하에게 입을 열었다.

　"원로 어르신들… 한국에 계신 모든 엘더들께 소집령을 내려라. 예외는 없다."

　"모, 모든 엘더들께요?"

　"단 한 사람의 예외도 받아들일 수 없다고 전해라. 우리 한국지부의 존폐가 걸린 일이다."

　"알겠습니다, 존명!"

　원로회 한국지부의 공식적 책임자인 백영운이 단단히 작심을 한 것 같았다.

　이전에도 엘더들을 모아 회의를 했지만 한 사람도 빠짐없이 소집하라는 령을 내린 건 처음이다.

　더군다나 그는 원로회 한국지부의 존폐까지 언급했다.

　정단오가 만들어낸 폭풍이 점점 거대해지고 있었다.

＊　　＊　　＊

　대한민국 팔도강산 구석구석까지 원로회 한국지부의 지령이 전해졌다.

백영운의 직인이 찍힌 지령은 한국지부의 존폐 위기를 거론하고 있었다.

심산유곡에 은거한 원로도, 해외를 방문하고 있는 원로도 예외 없이 모이라는 지령이다.

어떠한 개인 사정이 있어도 예외는 용납되지 않는다.

백영운은 공식적으로 한국지부를 대표하는 지부장이다.

비록 실제 권력은 엘더들에게 있지만 그가 지부장의 권위로 지령을 내리면 엘더들은 반드시 모여야 한다.

당연히 허튼 일로 지령을 내릴 리가 없기에 엉덩이 무거운 엘더들이 움직이기 시작했다.

청와대 구석에 은밀히 위치한 장소가 아닌 한국지부 본연의 건물로 엘더들이 모여들었다.

대한민국 능력자들의 정점에 서있는 엘더들의 총집합은 유례없는 사건이었다.

한국 전쟁이 끝난 후 모든 엘더들이 한 명도 빠짐없이 모인 건 최초였다.

평소 같으면 백영운을 보자마자 이런저런 잔소리를 늘어놓았을 엘더들이 이상하게 조용했다.

그들도 사태의 심각성을 아는 것이다.

세상과 담을 쌓고 산구석에 은거해있던 엘더들은 동료로부터 소식을 전해 들었다.

서울 시내가 한눈에 내려 보이는 고층 빌딩에 모인 엘더들의 표정은 침울하기 그지없었다.

스으윽—.

이윽고 문이 열리며 백영운이 안으로 들어왔다.

백영운은 좌우로 앉은 한국지부의 핵심, 엘더들을 쳐다보며 허리를 숙였다.

이곳에 모인 서른 명가량의 엘더들이 원로회 한국지부의 모든 것이다.

그들을 억지로 한 자리에 모았다는 것부터 한국지부 역사에 길이 남을 수치였다.

"제가 부족하여…… 죄송합니다."

백영운은 뻔하디뻔한 인사 멘트 대신 속에서 끓어오른 사과를 전했다.

물론 그가 정단오 사태를 100% 자기 탓이라 생각할 리 없었다.

그러나 서슬 퍼런 엘더들 앞에서 책임을 모면하려면 스스로 가장 미안해하는 모습을 보여줘야 한다.

엘더들도 백영운의 속내를 짐작하지만 굳이 탓하지 않았다.

지금 상황의 심각함은 개인에게 책임을 떠넘길 수준이 아니었기 때문이다.

"공연한 사과는 되었고, 우리가 이렇게 모두 모인 것이 얼마 만인가. 비록 좋지 않은 일로 한 자리에 모였지만, 오래 은거에 들었던 얼굴들을 보니 반갑기도 하구만."

침묵을 깨고 백발이 성성한 노인이 마른 입술을 달싹였다.

나이로 따지나 배분으로 따지나 엘더들 중에서 가장 높은 기수에 속하는 노인이었다.

그가 분위기를 풀어가며 입을 여니 다른 엘더들도 하나둘 말을 보탰다.

"그러게나 말이오. 유례를 찾기 힘든 환난이 닥쳤으나 우리가 이리 모였는데 문제야 있겠소. 어그러진 것은 바로잡으면 될 일, 백 지부장은 너무 걱정 마시게."

또 다른 엘더가 백영운을 보며 위로의 말을 건넸다.

국가적인 대형 사고가 터지며 원로회 한국지부가 위기에 처했지만, 뿌리 중의 뿌리라 할 수 있는 엘더 서른 명이 모두 모였다.

이들의 힘이라면 천지를 개벽하는 것도 불가능하지 않다.

다들 심각함을 느끼는 동시에 원로회의 진정한 힘으로 사태를 바로잡을 수 있다고 믿었다.

백영운은 한결 가벼운 마음으로, 그러나 여전히 침중한 얼굴과 목소리를 유지하며 상황을 전했다.

"존경하는 원로분들께서 모여 주시니 부족한 이 사람, 비로소 든든한 뒷산을 만난 것 같습니다. 심산유곡에 은거하고 계시던 어르신들께서도 경찰청장이 기자회견 도중에 당한 소식을 들으셨을 것입니다. 대민 은행, 오성 그룹 평택 공장, 경찰 주요 간부들에 이어 전국에 생중계되던 기자회견장에서 경찰청장이 당한 것은 대한민국이 개국한 이후 손에 꼽을 정도의 비상사태입니다. 하여 청와대에서도 대통령이 직접 본 한국지부로 친필 서신을 보냈습니다. 본 지부와 청와대가 협조적인 관계를 유지하는 것은 사실이나, 극비에 속하는 사안이기에 대통령이 친필 서신을 보낼 일은 없었습니다. 그만큼 국가적인 사안의 중대성을 알 수 있는 대목입니다. 송구스럽지만 이 자리에서 여러 원로분들께 대통령의 친필 서신을 공개해 올리겠습니다."

허리를 깊이 숙인 백영운이 준비해둔 프린트를 꺼냈다.

대통령의 친필 서신을 복사한 것으로, 지부장 직위를 가진 그가 일일이 원로들 한 명 한 명 앞에 프린트한 종이를 올려놓았다.

원로들은 대부분 백발이 성성한 노인들이다.

한국지부의 원로 중에서 가장 어린 축에 속해도 중년을 넘긴 장년이다.

그럼에도 불구하고 안경을 쓴 사람은 아무도 없었다.

겉모습은 늙었어도 능력의 힘으로 육체는 젊음을 유지하고 있다.

다들 짱짱한 시력으로 고개도 숙이지 않고 대통령의 서신을 읽었다.

"허, 이거 참."

"별수 없게 되었구료."

여기저기에서 탄식이 흘러 나왔다.

이미 서신 내용을 알고 있는 백영운은 엘더들에게 시간

을 줬다.

그렇게 10분 정도 무거운 침묵과 탄식이 교차되는 시간
이 지났다.

백영운은 떨어지지 않는 입술을 움직여 한국지부의 지부
장으로서 책임을 다했다.

"현재 대한민국 정부의 경찰력이 완전히 마비된 상황입
니다. 기초적인 치안 유지는 가능하지만 지도부의 일괄적
인 공백으로 제대로 된 임무를 수행하는 게 불가능합니다.
또한 연이은 사건으로 국가 신용도가 바닥을 치고 있습니
다. 이에 청와대에서는 대통령과 국방부 장관, 그리고 우
리 한국지부의 주도로 창설된 특별수사본부의 본부장이 주
관하는 비상 회의를 국민들에게 보여주려고 합니다. 이 비
상 회의 역시 적들의 목표가 될 수 있기에 청와대에서는
원로분들께서 직접 호위를 책임져 주시길 바라고 있습니
다. 아울러 정단오와 선비촌을 한시라도 빨리 소탕할 수
있도록 원로분들의 적극적인 개입을 부탁한다는 뜻도 밝혔
습니다."

백영운의 보고 아닌 보고가 끝나도 오랫동안 침묵이 깨
지지 않았다.

대통령의 친필 서신은 상당한 무게감을 지니고 있다.

아무리 능력자의 세계에서 절대적인 지위를 누리는 원로
들이라 해도 가볍게 볼 수 없었다.

원로회 한국지부와 청와대는 공생하는 관계다.

현실 세계에서 국가 권력의 정점에 있는 사람이 바로 대통령이다.

그가 궁지에 몰려 원로들에게 직접 나서달라고 촉구하는 서신을 보냈다.

이를 무시하면 청와대와 한국지부의 공생 관계가 깨진다.

공생이 깨지면 그동안 능력자 세계의 룰을 어기고 이런저런 청탁을 받은 사실이 외부에 폭로될지도 모른다.

백영운은 원로들이 어떤 고민을 하는지 꿰뚫어보고 있었다.

말년을 편안하게 보내고 싶은데, 직접 복잡한 사건에 뛰어들려니 고민이 되는 것이다.

게다가 상대는 전력을 파악하기 힘든 전설의 존재다.

수백 년을 살았다는 전설적인 능력자 정단오와 선비촌 무리들은 원로들에게도 껄끄러울 수밖에 없었다.

그러나 말년의 편안함을 위해 대통령의 서신을 모른 척할 수도 없는 노릇이다.

그랬다간 더 큰 사고가 연달아 터져 대한민국 정부와 원로회 한국지부의 근간이 흔들릴지도 모른다.

결국 답은 정해져 있었다.

지독하게도 엉덩이가 무거운 원로들이 직접 나설 수밖에 없다.

정단오는 대한민국 정부를 몰아붙여 절벽 끝에 세웠다.

파트너인 대한민국 정부의 위기를 원로회 한국지부가 외면할 수 없다는 걸 알기 때문이다.

그가 원하던 대로 고고한 원로들, 엘더라는 이름으로 세계적인 존경을 받는 이들이 수면 위로 드러나게 됐다.

"다른 방안이 없구만."

"그렇게 된 것 같소."

"다시는 국내에서 이런 일이 일어나지 않도록 우리 손으로 역사를 지워야 하지 않겠소이까?"

"기록을 살펴보니 불멸의 권능은 자연적으로 노화하지 않는 것을 일컫는 것 같더구료. 그도 인간이니 목이 잘리거나 심장이 꿰뚫리면 죽지 않겠소."

"우리 손으로 거두십시다."

원로들이 중지를 모았다.

심산유곡에 틀어박혀 세상과 담을 쌓고 살아가던 원로 중에는 내키지 않는 표정을 짓는 이도 있었다.

하지만 원로회 한국지부라는 큰 틀에서 내려진 결정이다.

오늘 모인 서른 명가량의 원로들은 직접 나서기로 결단을 내렸다.

예고된 결단이지만 백영운은 크게 감동한 액션을 취하며 허리를 숙였다.

"원로분들의 대승적인 결단에 감사를 드릴 뿐이옵니다. 앞으로의 일정과 방안에 대해서는 모두 원로분들의 지혜를 따르도록 하겠습니다."

그도 숨통이 트였다.

자신과 휘하의 능력으로는 정단오를 감당하기 힘들었다.

사실 도광 옥천호가 죽었을 때부터 이미 여기까지 올 일이었는지도 모른다.

원로들을 제외하면 한국지부에서 도광보다 강한 능력자는 없기 때문이다.

만약 서른 명의 원로가 나섰는데도 정단오를 쓰러트리지 못한다면?

그러한 가정은 무의미했다.

그것은 곧 원로회 한국지부의 몰락을 뜻하고, 백영운을 포함해 한국 능력자들을 지탱해온 세계가 와르르 무너지는 것과 다름없기 때문이다.

원로들을 모으는 것으로 마지막 승부수를 던진 백영운은 회심의 미소를 지었다.

아티팩트 보관소가 털리고 오성 그룹이 쇼크에 빠졌다. 그리고 전 국민이 지켜보는 와중에 대한민국 경찰력이 송두리째 뿌리 뽑혔다.

그러나 아직 희망은 있다.

서른 명의 원로들이 나선 이상 정단오와 선비촌도 더는 마음대로 날뛰지 못할 거라는 확신이 들었다.

백영운은 청와대와 국방부, 원로들의 공조로 한바탕 떠들썩했던 사건을 완전히 덮어버릴 기대로 부풀었다.

능력자들의 세계에서 엘더(Elder), 원로라는 이름이 가진 힘이 어느 정도인지 그는 누구보다 잘 알고 있었다.

문제는 정단오는 원로회라는 세계 기구가 생기기 이전 시대의 능력자라는 것이다.

백영운, 그리고 한국지부의 원로들은 세계 원로회의 태동기에 정단오가 어떤 역할을 했는지 상상도 못하고 있었다.

*　　*　　*

"미끼를 물었습니다!"

김상현이 두 눈을 부릅뜨고 말했다.

그는 청와대 내부의 비밀 정보를 입수했고, 정보를 바탕으로 한 가지 결론을 내렸다.

이지아가 없어 쓸쓸한 기운이 감도는 분당의 아지트에서 정단오를 만난 김상현은 자신이 입수한 정보를 보고했다.

"조만간 대통령, 국방부 장관, 그리고 한국지부의 원로들이 참석하는 비상 회의가 열릴 겁니다. 지하 벙커에서 열리는 회의가 방송 전파를 탈 예정이라고 합니다."

"지하 벙커에서의 비상 회의라. 생각들이 여전히 고루하군."

정단오는 얼굴 가득 비웃음을 지으며 고개를 내저었다.

예나 지금이나 이 나라의 우두머리들이 하는 행태는 변

한 게 없다.

그러나 정단오에겐 잘 된 일이다.

그는 상대가 어떻게 움직일지 확실하게 예측할 수 있다.

반면 상대는 정단오의 행동을 예측할 수 없으니 압도적으로 유리한 싸움이었다.

"원로들은 어떤 형식으로 회의에 참석한다고 하는가?"

"우선 한국지부에서 엘더 전원을 소집했다고 합니다. 이들에게 특별수사본부의 자문위원과 국방부 자문위원의 자리를 줘서 회의에 동석시키려는 것 같습니다."

"회의 현안과 방송 방법은?"

"우선 대통령과 국방부 장관, 그리고 특수본의 본부장이 모여 대책을 논의한다는 액션을 보여주는 게 주된 목적입니다. 그로 인해 바닥으로 떨어진 국가신용도를 끌어 올리고, 국민들의 불안을 해소시키려는 전형적인 홍보형 기획입니다. 다만 경찰청장이 기자회견 중 마스터에게 당한 전력이 있기 때문에, 생중계는 피하고 녹화로 회의 현장을 방송할 것 같습니다."

"고작 그딴 연기로 이 나라를 가득 채운 불안과 공포가 해소될 거라고 믿는 건가. 우습기 짝이 없군."

정단오는 팔짱을 낀 채 잠시 생각에 잠겼다.

경찰 조직을 무력화시켰고, 대한민국의 국가 시스템을 마비 직전까지 밀어붙였다.

이제 드디어 머리라고 할 수 있는 대통령과 국방부 장

관, 그리고 한국지부의 원로들이 전면에 나서게 됐다.

성대한 만찬이 준비됐으니 완벽하게 마무리를 하는 일만 남았다.

과연 어떤 식으로 오점 없이 화룡점정을 할 것인가.

정단오의 고민이 깊어지는 가운데 김상현이 다시 입을 열었다.

"비상 회의는 한 번으로 그치진 않을 것입니다, 마스터. 대외 홍보용으로 촬영하는 것을 제외하고도 여러 번에 걸쳐 회의가 열릴 가능성이 높습니다. 대통령과 국방부 장관, 무엇보다 한국지부 원로들이 나선 이상… 저들도 뒤를 돌아보지 않고 마스터를 잡는 데 모든 것을 걸었다는 뜻입니다."

"바라고 있던 바다. 그렇지 않나?"

"그렇지만……."

정단오는 김상현이 차마 말하지 못한 내용이 뭔지 알 것 같았다.

정말로 대한민국의 머리라 할 수 있는 이들을 경찰 수뇌부처럼 단칼에 처단할 것인지, 그 후폭풍에 대해 한 번 더 고려해 달라는 것이다.

이미 여러 번 말을 주고받았지만 김상현으로선 정단오가 그리는 혼돈을 염려할 수밖에 없었다.

인간인 이상 누구나 대혼돈을 두려워하는 게 당연하다.

하지만 정단오는 흔들림 없는 눈빛으로 김상현을 쳐다봤다.

심연까지 닿은 듯 깊게 가라앉은 눈동자가 김상현을 꿰뚫어 보고 있었다.

"이 혼돈 뒤에 어떤 세상이 올지 나는 모른다, 김상현. 그러나 한 가지만은 분명하다. 적어도 지금의 썩은 세상보다는 나을 거라는 사실이다."

"……알겠습니다, 마스터. 다시는 카오스에 대해 의문을 품지 않겠습니다."

김상현은 최후의 결심을 마친 듯 굳게 입을 다물었다.

사실 기자회견 도중에 경찰청장을 죽인 시점에서 돌이킬 수 없는 강을 건넌 셈이었다.

정단오가 몰고 올 대혼돈, 극심한 카오스는 이미 그 전조로 대한민국을 감싸고 있었다.

10장
수급(首級)

대통령과 국방부 장관, 그리고 원로회 한국지부의 엘더들이 참여하는 비상 회의의 일정은 극비사항이었다.

혹여 일정이 노출되면 사건이 터질 수 있기 때문이다.

원로회의 엘더들은 오히려 일정을 노출해 정단오를 유혹하고, 그 자리에서 해결을 보자는 의견을 냈다.

하지만 연이은 테러 사건으로 잔뜩 겁에 질린 대통령과 국방부 장관이 동의할 리 없었다.

우선 비상회의로 국민들을 안심시키고 대외 신용도를 회복하는 게 급선무였다.

1차 비상 회의는 극비리에 진행되며 홍보용으로 녹취가 이뤄졌다.

청와대와 국방부, 그리고 미군까지 나서서 테러 위협에

단호히 대처하겠다는 내용의 녹취록이 전파를 탔다.

비상 회의에 참석한 원로회 엘더들은 국가비상대비위원회라는 유령 단체의 원로 역할을 맡았다.

대놓고 능력자 세계를 알릴 수 없으니 눈속임 용 간판을 단 것이다.

그러나 문제가 심각해졌다.

연이은 테러 사건으로 한국을 주시하고 있던 세계 원로회가 움직일 것 같았다.

능력자 세계에서는 머지않아 세계 원로회에서 한국지부로 감사단을 파견할지 모른다는 소문이 떠돌았다.

원로회 한국지부의 엘더들과 백영운은 발등에 떨어진 불씨가 얼마나 심각한 것인지 새삼 깨달았다.

세계 원로회의 감사단이 오기 전에 반드시 정단오를 잡고 일을 마무리 지어야 한다.

아직 수습할 기간은 남아있다.

그들은 잔뜩 겁을 먹은 대통령과 국방부 장관을 뒤로한 채 정단오를 수면 위로 끌어낼 작전을 세웠다.

서른 명가량의 한국지부 엘더 전원이 나섰기에 두려울 게 없었다.

백영운은 엘더들의 명을 받아 은밀하게 비상 회의 일정을 흘렸다.

정보를 흘리려고 마음먹으면 얼마든지 흘릴 수 있다.

대놓고 기자들이나 정보원들이 알게끔 아마추어처럼 흘

리지는 않았다.

국가 수뇌부들만 아는 다음 회의 일정과 장소를 최측근 청와대 경호원들에게 넌지시 알려주면 된다.

청와대 경호원들은 입이 무겁기로 둘째가라면 서러운 사람들이다.

하지만 한 번 흘려진 정보는 어떤 식으로든 유통되기 마련이다.

백영운은 정단오와 선비촌 일당이 대단한 조력자를 두고 있다고 확신했다.

이제껏 보여준 대범한 테러 행위는 고급 정보 없이는 불가능한 것이었다.

그렇기에 청와대 경호원에게만 정보를 흘려도 어떻게든 비상 회의 일정과 장소를 알아낼 거라고 믿었다.

결국 함정을 파놓고 정단오를 유인하는 것이다.

함정이라고 해봤자 딱히 특별할 건 없었다.

비상 회의에는 대한민국 능력자 세계의 정점에 서있는 엘더 서른 명이 집합해있을 것이다.

그 자체가 더 이상 강력할 수 없는 함정이다.

대통령과 국방부 장관이 참여하는 비상 회의는 테러 사건이 종결될 때까지 주기적으로 계속된다.

과연 언제 정단오가 미끼를 물고 제 발로 함정에 찾아올 것인가.

백영운과 원로회 한국지부의 엘더들은 그날만을 기다리

고 있었다.

*   *   *

"어떻게 할까요?"

김상현이 심각한 얼굴로 운을 뗐다.

국가 수뇌부들이 참석하는 비상 회의의 일정을 알아냈다.

일주일 후, 남한산성 지하 벙커.

이 짧은 정보가 어렵게, 어렵게 입수됐다.

김상현은 청와대에 심어 놓은 고위 정보원을 짜내고 있었다.

비상 회의 일정을 알아내기 위해 그동안 공들인 정보원을 모두 소모했다.

하지만 뭔가 마뜩치 않았다.

무척 힘들게 얻은 정보지만, 어쨌거나 비상 회의 일정이 유출됐다는 게 꺼림칙했다.

"함정이 아닐까 싶습니다."

김상현의 말에 정단오가 기다렸다는 듯 고개를 끄덕였다.

"함정일 것이다."

"그러면……."

"그들도 우리가 함정인 줄 알면서 들어오길 바라겠지.

이 정도면 노골적인 초대장이지 않나?"

"노골적인 초대장, 맞는 것 같습니다."

김상현은 정단오의 말을 부정하지 않았다.

작정하고 정보를 봉쇄하려 들었다면 도저히 알아낼 수 없는 일정이었다.

원로회 한국지부의 엘더들이 전부 소집됐다는 건 비밀 아닌 비밀이다.

아마 저들은 엘더들의 힘을 믿고 정단오를 잡으려는 것 같았다.

"일주일 뒤에 열리는 비상 회의. 원로회 한국지부가 원하는 대로 내가 나서는 게 옳다고 생각하나?"

"두 가지 관점에서 이야기를 드리겠습니다."

정단오의 물음에 김상현이 숨을 삼켰다.

그는 최대한 차분하게 자신의 생각을 풀어 놓았다.

"우선 마스터께서 노출된 비상 회의장으로 가실 경우, 한 번에 원로회 한국지부의 핵심을 일망타진하실 수 있습니다. 더불어 한국지부와 결탁한 고위 관료들, 그러니까 이 나라의 대통령까지 마스터의 손에 넣으실 수 있습니다. 대신 서른 명의 엘더 전원을 상대하셔야 하고…… 승리하신 이후에도 말 그대로 카오스가 도래할 것입니다. 세계 원로회의 개입도 예상됩니다."

"가지 않을 경우는?"

"천천히 상대를 지치게 만드는 겁니다. 비상 회의가 계속되게 내버려 두고, 우리는 우리대로 국가 기반 시설을 무너트리면 됩니다. 느리지만 확실하게 혼돈을 만들고, 원로회 한국지부의 엘더들을 각개 격파하는 방법입니다. 시간은 걸려도 이 방법이 훨씬 안전할 것 같습니다."

"그러나 시간을 들이는 도중 세계 원로회가 개입하면 문제가 복잡해진다."

"그건……."

말문이 막힌 김상현이 고개를 끄덕였다.

정단오가 정곡을 찔렀기 때문이다.

정단오는 깊이를 헤아릴 수 없는 짙은 눈동자로 김상현을 쳐다봤다.

"세계 원로회가 개입하기 전에 한국 상황을 완전히 정리해야 한다. 그 과정에서 능력자의 세계가 현실에 드러난다고 해도, 어쩔 수 없다."

그는 결심을 굳힌 것 같았다.

현실 세계와 분리 되어 있던 능력자 세계의 존재가 알려지는 것도 감수한 것이다.

그렇게 되면 비단 한국만의 문제가 아니게 된다.

전 세계가 혼란에 빠질 것이고, 각국 정부는 능력자 세계의 존재를 인정하고 사회를 안정시키느라 진땀을 흘려야 할 터였다.

물론 세계 원로회도 바빠질 게 분명했다.

정단오는 세계 원로회가 개입하기 전에 한국의 썩은 능

력자들과 고위 관료들을 쓸어버릴 작정이었다.

그다음, 완전한 혼돈 위에서 세계 원로회와 협상이든 뭐든 이야기를 하려는 것 같았다.

"초대장을 받았으면 응해주는 게 도리겠지. 선비촌 촌장을 불러라."

"알겠습니다, 마스터."

"일주일 뒤, 대한민국의 이름을 더럽힌 원로회 한국지부가 세상에서 사라질 것이다. 그들과 손잡고 썩은 행위를 조장한 인간들도 책임을 지게 될 터."

김상현은 무거운 마음으로 정단오의 말을 듣고 있었다.

여러 번 말로 들었던 진짜 카오스가 곧 도래하게 될 것 같았다.

한국지부의 엘더 서른 명이면 웬만한 국가의 국방력을 무력화시킬 수 있다.

그 어떤 능력자도 엘더 급의 능력자 서른 명을 상대할 수는 없다.

하지만 정단오라면 예상이 되지 않았다.

설령 정단오가 쓰러지든 아니면 한국지부가 박살이 나든, 일주일 후면 모든 게 결정 날 것이다.

정단오가 쓰러진다면 테러 사건은 한때의 헤프닝으로 기록되고, 대한민국의 기득권은 더욱 공고해질 것이다.

큰 혼란은 없겠지만, 원로회 한국지부와 청와대의 권력자들은 늘 그래왔듯 마음껏 세상을 주무르며 살아갈 게 분명했다.

반면 정단오가 이긴다면 세상은 유례없는 혼란을 겪게 될 터였다.

능력자의 세계가 전면에 드러나며 한국의 시스템이 붕괴되는 혼돈이 도래할 것이다.

과연 어느 쪽이 더 나은 미래일까.

김상현은 스스로 답을 내린 문제를 다시금 떠올리며 쓴 웃음을 지었다.

남은 일주일이 아주 길게 느껴질 것 같았다.

* * *

선비촌 촌장이 분당의 아지트로 찾아왔다.

촌장인 그가 직접 움직인 건 사안이 그만큼 중요하다는 뜻이다.

이제껏 정단오는 주로 선비촌 청년들과 함께 원로회 한국지부를 공격했었다.

그러나 이제는 선비촌의 모든 힘을 동원할 때다.

"대략 이야기는 들었소이다."

촌장이 입을 열었다.

정단오는 담담한 표정으로 고개를 끄덕였다.

"이제 6일이 남았군."

"대통령과 국방부 장관, 그리고 주한미군의 고위 장성까지 참석하는 비상 회의라 들었소. 당연히 원로회 한국지부의 지부장과 엘더들도 모여 있을 터……. 정말 그곳을 공격할 생각이오?"

"결심을 굳혔다."

"알겠소. 우리도 따르리다."

선비촌 촌장은 의외로 차분하게 정단오의 선택을 받아들였다.

애시당초 강원도를 박차고 나왔을 때부터 선비촌의 운영을 정단오에게 맡긴 셈이다.

이제 와서 다른 노선을 택할 순 없었다.

정단오가 원로회 한국지부를 싹 쓸어버리고, 완전히 새로운 세상을 열어야만 선비촌도 자유롭게 살아갈 수 있다.

촌장은 예전에는 차마 상상도 못 했던 신세계를 그려봤다.

능력자들이 현실에 스스로를 드러내고 일반인들과 섞여서 살아가는 세상, 원로회라는 억압적인 통치기구의 제지를 받지 않아도 되는 세상.

늘 꿈만 꾸던 새로운 세상이 일주일 뒤에 열릴지도 모른다.

처음에는 혼란스럽겠지만, 원래 새로운 시작을 위해서는 진통이 필요한 법이다.

선비촌 촌장은 젊은 청년처럼 입술을 꾹 다물고 마음을 단단히 먹었다.

"비상 회의 장소로는 나 혼자 갈 것이다."

그런데 정단오가 뜻밖의 말을 했다.

전혀 예상하지 못한 발언에 촌장이 눈을 크게 떴다.

"그게 무슨 말이오?"

"어차피 비상 회의를 지키는 경호 병력은 장애물이 되지 못한다. 중요한 건 원로회 한국지부의 지부장과 엘더들이지."

"한국지부의 엘더는 서른 명가량이오. 엘더라는 호칭이 어떤 의미인지 잘 아시지 않소? 아무리 그래도 서른 명의 엘더를 홀로 감당하는 것은······."

"불가능할 것 같나?"

태연하게 반문하는 정단오의 얼굴에는 한 치의 흔들림도 없어 보였다.

선비촌 촌장은 말문이 턱 하고 막히는 느낌이었다.

분명 머리로 생각하면 불가능한 일이다.

하지만 눈앞의 정단오를 보고 있으니 불가능이라는 말이 섣불리 입 밖으로 나오지 않았다.

조선 시대부터 불멸의 권능을 누리며 한반도 능력자 세계의 굵직한 역사를 주도했던 존재.

그가 촌장의 눈앞에서 젊음을 유지한 채 묻고 있었다.

"······."

결국 촌장은 아무 대답도 못 하고 침묵을 지킬 수밖에 없었다.

정단오는 조소인지 모를 옅은 웃음을 지으며 입술을 달 싹였다.

"나 혼자 원로회 한국지부조차 감당할 수 없다면 무슨 수로 카오스를 만들고, 그 뒤의 새로운 세상을 꿈꾸겠나."

"그렇지만……."

"믿어라. 내가 쓰러진다면 새 세상은 오지 않을 것이나… 나는 반드시 혼돈으로 이 썩은 땅을 뒤덮을 것이다."

"후우- 알겠소. 그럼 우리는 무엇을 하면 되오?"

"선비촌은."

정단오가 목소리를 낮추고 비밀스러운 지시를 내렸다.

그의 이야기를 듣는 선비촌 촌장은 놀란 표정으로 연신 고개를 끄덕였다.

6일 뒤 열릴 국가 비상 회의.

그 날을 앞두고 수많은 사람들이 분주하게 달리기 시작했다.

* * *

날이 흐렸다.

금방이라도 비가 쏟아질 것처럼 위태로운 날씨였다.

점심시간이 끝나고 직장인들이 사무실로 돌아갈 무렵, 남한산성 근처의 지하 벙커로 검은색 방탄 차량들이 모여들고 있었다.

외부에 공개되지 않은, 일명 남한산성 벙커에서 국가 비상 회의가 열릴 예정이다.

먼저 도착한 방탄 리무진들은 원로회 한국지부의 엘더들을 태우고 왔다.

"고생하셨습니다."

조금 일찍 도착해있던 백영운이 엘더들을 맞이했다.

속속 도착하는 검은색 방탄차에서 서른 명가량의 엘더들이 내렸다.

국가비상대비위원회 소속이라는 유령 직함을 단 엘더들의 표정은 그리 밝지 않았다.

첫 번째 비상 회의를 녹화해서 전국에 방송했지만 국민들의 불안을 해소하지 못했다.

대외 신용도 역시 테러 사건을 해결하지 못했기에 지속적으로 낮아지는 중이었다.

전원 소집이라는 초유의 결단을 내렸음에도 아직 정단오를 잡지 못한 엘더들의 심기가 불편할 수밖에 없었다.

"동향은 파악이 되고 있나?"

엘더 한 명의 물음에 백영운이 난처한 표정을 지었다.

주위에 청와대와 미군 소속의 경호 병력이 서있었기 때문이다.

그러나 엘더의 질문을 그냥 넘길 수도 없는 노릇.

백영운은 최대한 목소리를 낮추고 조심스레 대답했다.

"특별한 동향을 잡아내진 못하고 있습니다. 기자회견장

에서 경찰청장을 죽인 이후 계속 잠잠합니다."

"그럼 오늘 비상 회의에 놈들이 올지도 미지수겠군."

"네. 현재로서는 지속적으로 비상 회의 일정과 장소를 흘려 유인하는 수밖에……."

"크흠, 알겠네."

원로회의 엘더들은 정단오가 비상 회의를 습격해주길 오매불망 바라고 있었다.

그래야 얼른 사건을 마무리 짓고 세계 원로회의 개입을 막을 수 있기 때문이다.

백영운은 대통령과 국방부장관이 모르게 은밀히 정보를 흘렸지만, 정단오가 정보를 얻고 습격을 해올 거라는 보장은 없었다.

"들어가시지요."

그는 복잡한 상념을 접고 엘더들을 남한산성 벙커 안으로 안내했다.

조금 있으면 대통령과 국방부 장관, 그리고 주한미군 사령관이 올 것이다.

어찌 되었건 비상 회의는 열려야 한다.

기껏해야 테러리스트에 대한 감시와 추적을 강화해야 한다는 탁상공론일 뿐이지만, 현재로서는 다른 대안이 없다.

백영운과 엘더들은 무거운 얼굴로 걸음을 옮겼다.

꿉꿉한 날씨가 그들의 기분을 대변해주고 있었다.

저벅저벅.

지하 벙커로 들어가는 통로는 제법 넓었다.

벙커라고 해도 현대에 들어서 만들어진 것이다.

과거 한국전쟁 시대의 벙커처럼 좁고 협소한 공간이 아니었다.

철문을 열고, 통로를 따라 지하로 내려가면 최신식 회의 공간이 나온다.

고성능 컴퓨터와 최고급 가구들, 그리고 몇 달을 버틸 수 있는 생활 물자가 지하 벙커를 든든히 채우고 있다.

수도권 주요 거점의 지하 벙커에는 비상 무전 기능도 활성화돼 있다.

지하 벙커에서 청와대는 물론이고, 각 군 사령부에 직접적으로 무전을 넣어 명령을 하달할 수 있다.

한국전쟁이 끝난 이후 실제로 쓸 일은 없었지만, 어쨌거나 전쟁을 대비한 지휘 공간인 셈이다.

백영운과 엘더들은 남한산성 지하 벙커의 메인 회의실에 앉았다.

넓은 원탁에 서른 명이 둘러앉고도 공간이 남았다.

이곳 외에도 작은 회의실과 전략실, 무전실, 물자 보관 창고와 숙소, 그리고 화장실까지 갖춰져 있으니 지하 벙커의 규모를 능히 짐작할 수 있을 것이다.

그러나 지하 벙커가 좋아봤자 무슨 소용이 있겠는가.

국가에 위기가 있을 때만 지하 벙커를 사용하게 된다.

결국 아무리 좋은 시설의 벙커라도 사용되지 않는 게 가장 좋은 일이다.

넓은 회의실에 앉아있는 백영운과 엘더들은 침묵을 지키고 있었다.

바위처럼 무거운 침묵의 시간이 얼마나 지났을까.

회의실 바깥 통로에서 사람들의 발소리가 들렸다.

멀리서부터 희미하게 들리는 소리지만 예민한 감각을 지닌 엘더들의 귀를 속일 수는 없다.

대통령과 국방부장관, 그리고 주한미군 사령관이 도착한 것 같았다.

그들이 회의실로 들어오기 전, 하얀 수염을 턱밑까지 기른 엘더가 백영운을 쳐다보고 말했다.

"오늘은 놈들이 미끼를 물지 않으려나 보군. 다음 회의 때는 일망타진이 가능하도록 더 노골적으로 미끼를 뿌려보게."

"명심하겠습니다."

그를 비롯해 대부분의 엘더들은 정단오가 오늘 열리는 비상 회의에 나타나지 않을 거라 판단한 모양이었다.

끼이익-.

이윽고 대통령과 국방부장관, 주한미군 사령관이 동시에 메인 회의실로 들어왔다.

미리 이동 시간을 맞춰서 움직인 것 같았다.

현재 대한민국에서 공식적으로 가장 높은 자리에 있는 세 명이 나타났음에도 엘더들은 일어서지 않았다.

그저 앉은 자리에서 고개만 까닥거렸다.

의자에서 일어선 건 원로회 한국지부장 백영운이 유일했다.

세 명의 국가 수뇌들도 엘더들의 반응에 신경을 쓰지 않았다.

그들의 행동이 당연하다는 걸 받아들였기 때문이다.

원로회의 존재를 알고, 은밀히 공생을 하고 있는 세 명은 엘더들을 어른으로 모셨다.

현실 세계에서는 고개를 숙일 필요가 없는 자리에 올랐지만, 능력자들과 함께 있을 때는 이야기가 달라지는 것이다.

"모두 오셨으니 비상 회의를 시작하도록 하겠습니다."

앞에 나서서 회의를 주재하는 건 백영운의 몫이었다.

그는 엘더들과 국가 수뇌부 사이에서 중심을 잡는 가교 역할을 수행했다.

"현재 테러리스트들을 백방으로 추적하고 있지만 뚜렷한 성과가 없습니다. 지난번 비상 회의에서 말씀드렸던 것처럼 경찰력이 무너졌기 때문에……. 헌병대와 각종 특수 부대의 수사력을 모두 동원하고 있지만, 일선 경찰력이 정비되지 않은 상태라 어려움이 있는 듯합니다."

"그래도 비상 회의가 시작된 후 추가적인 테러는 없지 않았습니까. 이것만으로도 성과라고 할 수 있을 것이고, 장기적으로 테러가 일어나지 않으면 국가 신용도 회복될

가능성이 있다고 봅니다."

강직한 인상의 국방부장관이 비상 회의가 지니는 성과를 언급했다.

그의 말도 틀리지 않았다.

기자회견 도중에 경찰청장이 살해당한 초유의 사태 이후 테러가 잠잠했기 때문이다.

추가 테러가 없다는 것만으로도 큰 성과이고, 이 상태가 지속되면 혼란에 빠진 국정이 안정을 찾을 것이다.

그러나 근본적인 해결을 위해서는 반드시 주범인 정단오와 선비촌을 잡아내야 한다.

백영운은 뻔한 소리를 하는 국방부장관을 쳐다보며 속으로 화를 삭였다.

국민들에게는 골수 군인으로 알려진 그가 사실은 군납 비리의 선두주자라는 걸 잘 알기 때문이다.

수백억 원 규모의 군납 비리를 저지르고, 원로회 한국지부 능력자들의 힘을 빌려 민간인을 감찰하는 게 국방부장관의 진짜 모습이다.

일선 장병들이야 어떻게 생활하든 관심도 없고 사리사욕을 채우기 바쁜 그는 얼굴만큼은 참 강직하고 정직하게 생겼다.

이래서 사람은 외모만 보고 판단하면 안 되는 법이다.

백영운은 국방부장관을 향한 이죽거림을 속으로 갈무리하고 화제를 전환했다.

"우선 정부 기관에서 경찰력을 회복하기 위한 조치가 시급합니다. 후임 경찰청장과 각 지방청의 청장들을 급히 결정하는 것부터……."

그는 말을 끝맺지 못했다.

저 먼 곳에서 이질적인 소리가 울렸기 때문이다.

쿠웅—!

회의실에 앉은 사람 모두가 같은 소리를 들었다.

묵직한 굉음과 불쾌한 진동이 지하 벙커를 타고 전해졌다.

기다란 통로를 건너 회의실까지 소리와 진동이 전해졌다는 건 큰일이 터졌다는 뜻이다.

백영운은 입을 닫고 엘더들과 눈빛을 교환했다.

대통령과 국방부장관, 주한미군 사령관이 호들갑을 떨며 불안해하는 것과는 대조적이었다.

"이, 이게 무슨 일입니까?"

"경호원! 경호원! 당장 사태 파악해!"

대통령과 국방부장관이 앞서거니 뒤서거니 사람을 찾았다.

하지만 백영운은 더 이상 그들을 쳐다보지 않았다.

그는 엘더들을 향해 입을 열었다.

"놈이 미끼를 문 것 같습니다."

백영운의 말을 들은 서른 명의 엘더가 이제야 속이 시원해졌다는 표정을 지었다.

한국 원로회의 핵심들이 모두 모여 불멸의 전설을 끝낼 때가 온 것이다.

"지긋지긋한 소동에 종지부를 찍음세."

"다들 일어나지."

엘더 서른 명이 동시에 자리에서 일어났다.

감히 한국의 능력자 세계가 일어났다고 말해도 과언이 아니었다.

쿠웅— 쿠웅—.

굉음이 점점 크게 들렸고, 지하 벙커를 울리는 진동도 강해지고 있었다.

정단오가 온 것이다.

* * *

검은색 방탄 레인지로버가 남한산성 인근에 도착했다.

아직 지하벙커가 멀었는데 벌써부터 경호가 삼엄했다.

원로회의 엘더들과 함께 있기에 일반 병력의 경호는 무의미하다.

그럼에도 조심성 많은 청와대에선 경호원을 깔아 놓았다.

정단오는 차에서 내리라는 경호원들의 신호를 무시했다.

부우우웅—.

엑셀을 끝까지 밟자 레인지로버가 탱크처럼 튀어 나갔다.

깜짝 놀란 경호원들이 비켜섰고, 임시로 설치한 바리케이트도 튕겨져 나갔다.

차에도 손상이 있었지만 정단오는 신경도 쓰지 않았다.

아껴가며 타려고 받은 차가 아니기 때문이다.

탕- 타타탕!

뒤늦게 경호원들이 총질을 했지만 레인지로버의 방탄을 뚫지 못했다.

그나마 한국에서 총질이라도 했다는 게 대단한 것이다.

한 마리 흑호(黑虎) 같은 레인지로버를 몰고 지하벙커 입구에 다다른 정단오는 그제야 운전석에서 내렸다.

그의 앞뒤로 헐레벌떡 따라온 무장 경호원과 육군 특전사들, 그리고 주한미군 특수 부대원들이 빽빽하게 서있었다.

모두 합하면 족히 100명은 넘을 병력이다.

맨몸으로 차에서 내린 정단오를 향해 수십 개의 총구가 겨눠졌다.

"무릎 꿇고 투항해라!"

일선의 경호원이 목소리를 높였다.

정단오는 무표정한 얼굴로 앞뒤에 늘어선 경호 병력을 돌아봤다.

곧 있으면 발포가 시작될 것 같은데 태연하기 그지없었다.

그는 오늘 대한민국 능력자 세계를 지탱하는 원로회 한

국지부를 세상에서 지우려 한다.

뿐만 아니라 썩을 대로 썩은 청와대의 주인과 국방부장
관까지 일거에 청소할 목적이었다.

그리하여 능력자 세계의 존재를 만천하에 알려, 온 세상
에 거대한 혼돈을 선물하고, 완전히 새로운 미래를 열려고
마음먹었다.

그런 정단오가 고작 100명의 경호 병력에 관심을 둘 리
없었다.

설령 여기 모인 100명이 최고의 정예들이라고 해도 마
찬가지다.

이들은 기껏해야 메인이벤트가 열리기 전의 오프닝에 불
과하다.

"주인을 잘못 섬긴 종들은 대가를 치르는 법이지."

정단오는 의미심장한 말을 남기고 두 팔을 앞으로 길게
뻗었다.

창백할 정도로 새하얀 그의 손바닥이 활짝 펼쳐졌다.

곧이어 양손에서 섬광이 뿜어졌다.

경호 병력들이 손을 쓸 틈도 없이 강렬한 섬광이 온 시
야를 뒤덮었다.

파파팟-.

화르르르르륵!

한 손에서 뿜어진 벼락이 전방의 병력을 감전시켰고, 다
른 한 손에서 흘러나온 기운은 뒤쪽의 병력에게 어마어마

한 화염을 선사했다.

고대 인도의 주술인 인드라의 뇌전과 시바의 화염이 동시에 펼쳐진 것이다.

전설 속 문헌에나 존재하는 극한의 주술을 두 개나 동시에 펼친 정단오는 손속에 사정을 두지 않았다.

오늘은 이전의 세계가 끝나고 새로운 세계로 넘어가는 카오스가 시작 될 날이다.

그는 세상 마지막 싸움을 하는 사람처럼 모든 힘을 쏟아냈다.

"타올라라~!"

건조한 음성이 불길에 힘을 보탰다.

사방을 불태운 시뻘건 화염이 두 배로 커져 파도처럼 퍼져 나갔다.

특수 훈련을 받은 강인한 육체도, 완벽하게 무장된 총기와 방탄복도 쓸모가 없었다.

벼락과 불길이 100여 명의 경호 병력을 완전히 휩쓸었고, 채 3분도 지나지 않아 모두 새까맣게 탄 장작처럼 생명을 잃고 쓰러졌다.

정단오는 시선을 주지 않고 지하 벙커의 입구를 쳐다봤다.

굳게 닫힌 철문을 여는 방법은 간단했다.

새하얀 손을 말아 주먹을 쥔다. 그리고 주먹을 휘두를 뿐이다.

쿠웅—!

엄청난 굉음과 진동이 울리며 두꺼운 철문이 종잇장처럼 찢겨졌다.

엘더들과 대통령이 있는 메인 회의실로 가려면 통로에 설치된 몇 개의 철문을 더 지나쳐야 한다.

정단오는 앞을 막아선 철문을 모조리 맨주먹으로 찢어발기며 뚜벅뚜벅 걸어갔다.

쿠웅— 쿠웅—.

철문이 부서질 때마다 굉음과 진동이 울렸다.

그는 기어코 한국의 썩은 머리들을 잘라내고, 그 수급을 온 세상에 전시할 작정이었다.

그렇게 정단오가 거대한 혼돈을 품에 안고 앞으로 나아가고 있었다.

11장
카오스(Chaos)

남한산성 지하 벙커는 매우 넓은 규모를 자랑하지만, 그래도 탁 트인 외부와는 비교할 수 없다.

회의실에 모인 엘더들은 정단오가 오고 있음을 느끼며 몸을 일으켰다.

그들은 잔뜩 겁에 질린 대통령과 국방부장관, 주한미군 사령관에게 지시 아닌 지시를 내렸다.

"금방 놈을 잡을 테니 구석으로 물러나 있으시오들. 오래지 않아 끝이 날 것이오."

이 상황에서 국가 수뇌부들이 믿을 사람은 엘더들뿐이다.

워낙 긴박한 상황이었기에 감히 토를 달거나 질문을 던질 수가 없었다.

현실 세계에서는 누구에게도 고개를 숙이지 않을 대통령
이 먼저 회의실 구석에 쪼그려 앉았다.

그 옆에 국방부장관과 주한미군 사령관이 자리를 잡았
다.

한 편의 블랙 코미디 같았지만 별다른 도리가 없었다.

그들도 사태의 심각성을 인지하고 있었다.

국가를 혼란에 빠트린 테러리스트가 지하 벙커로 쳐들어
왔고, 벙커 내부의 경호 병력은 도움이 안 될 것이다.

테러리스트가 벙커 안에 들어왔다는 건 이미 바깥의 경
호 병력을 모두 처치했다는 뜻이다.

공포에 빠진 대통령은 창백하게 질린 안색으로 겨우 입
을 열어 초라한 한 마디를 뱉어냈다.

"부, 부디 대한민국을 위해 테러리스트를 쓰러트려 주길
바랍니다."

그가 말하는 대한민국이 진짜 조국을 뜻하는지, 아니면
일신의 영달을 위해 마음껏 이용할 수 있는 썩은 나라를
뜻하는지 묻지 않아도 뻔해 보였다.

원로회의 엘더들은 대통령의 말을 귓등으로 흘리며 서로
시선을 맞췄다.

그들 역시 누구보다 정단오를 쓰러트리고 싶었다.

한국지부의 역사에 오점을 남긴 정단오를 오늘 쓰러트려
야만 세계 원로회의 개입을 막고, 지금처럼 계속 국가와
결탁해 막대한 권력을 누릴 수 있다.

엘더들은 정단오가 미끼를 물고 지하 벙커로 와준 것을 반가워해야 마땅했다.

자신들이 파놓은 함정에 먹잇감이 머리를 들이밀었기 때문이다.

과연 누가 진정한 먹잇감이 될지는 아직 모르는 것이지만 말이다.

쿠우웅—!

이제까지와 비교할 수 없는 굉음이 고막을 때렸다.

정단오가 통로의 마지막 철문을 부순 모양이다.

"요란하게도 오는군."

엘더 중 한 명이 입을 열었다.

그의 말에 몇 명의 엘더들이 웃음을 터트렸다.

서른 명의 엘더들은 비교적 여유로운 모습이었다.

기록으로 남아있는 정단오의 전설이 어마어마하지만, 엘더 서른 명이 모인 이상 두려울 게 없다는 태도였다.

백영운도 긴장하는 가운데 한 가닥 안도를 하며 엘더들을 돌아봤다.

무려 서른 명의 엘더다.

이들이 모이면 국가 하나를 마비시킬 수도 있다.

정단오가 제아무리 대단해도 여기서 살아나갈 수는 없을 것이라 믿었다.

저벅저벅.

드디어 정단오가 나타났다.

폭발의 여파로 희뿌연 연기가 감돌았고, 그 너머에서 검은 실루엣이 일렁거렸다.

검은 정장에 검은 셔츠, 올 블랙 패션으로 새하얀 피부가 더욱 부각됐다.

400년이 넘는 세월을 살았지만 여전히 젊음을 유지한 정단오가 쭈글쭈글한 엘더 서른 명을 쳐다봤다.

파바바바바박-!

정단오를 본 엘더들이 기운을 발산했다.

순식간에 회의실의 문과 벽이 허물어졌다.

뿐만 아니라 지하 벙커 내의 침실과 화장실, 창고를 구분 지은 임시 벽면이 모두 무너졌다.

벙커 자체가 내려앉은 건 아니었다.

단지 싸우기 편하게끔 지하 벙커 전체를 탁 트린 공간으로 만든 것이다.

기운을 내뿜는 것만으로 지하 벙커의 구조를 새로 만든 엘더들은 정단오를 노려봤다.

"혼자 왔느냐. 선비촌의 망령들은 어찌하고."

엘더 한 명의 물음에 정단오가 고개를 까닥거리며 대답했다.

"나 혼자면 충분하다."

"듣던 대로 오만이 하늘을 찌르는구나."

"하늘을 찌른 것은 너희의 탐욕이겠지. 원로라는 이름, 엘더라는 호칭이 부끄럽지도 않았나?"

정단오의 눈에 살기가 어른거렸다.

그가 이토록 노골적인 살의를 보이는 일은 흔치 않았다.

눈앞의 엘더들은 한국 능력자 세계를 파탄내고 썩은 사회를 만든 주범이다.

그 뒤 구석에 볼썽사납게 웅크린 대통령과 국방부장관도 마찬가지다.

정단오는 구시대의 지배자들을 모조리 쓰러트려 거대한 혼돈으로 새로운 시대를 열어나갈 작정이었다.

그의 눈앞에 서있는 이들은 쓰러트려야 할 적이다.

정단오는 어깨를 쫙 펴고 한국지부의 엘더들에게 선고를 내렸다.

"오늘부로 원로회 한국지부는 역사 속으로 사라질 것이다. 그리고 이 땅을 더럽힌 위정자들도 대가를 치를 것이다."

"개소리! 원로회와 정부의 통치 없이 조국을 무법지대로 만드는 게 너의 대의더냐? 불멸의 시간이 아깝구나."

"세상이 혼돈에 휩싸여도 새로운 시대를 위해서라면 그 편이 낫겠지. 이대로 너희에 의해 서서히 썩어가는 것보다는."

말을 마친 정단오가 한 손을 들었다.

문답무용(問答無用).

더 이상 긴 말은 필요 없으니 서로의 운명을 걸고 싸우자는 뜻이다.

엘더들도 저마다 고유한 기운을 일으키며 임전 태세를 갖췄다.

원로회 한국지부장인 백영운은 엘더들 뒤에서 대통령과 국방부장관, 주한미군 사령관을 보호하는 역할을 맡았다.

강력한 능력이 부딪치는 여파로부터 국가 수뇌들을 지키려는 것이다.

정단오는 백영운과 국가 수뇌들에겐 크게 신경을 기울이지 않았다.

눈앞에 우뚝 서있는 서른 명의 엘더들을 쓰러트리면 자연스럽게 정리 될 문제이기 때문이다.

"불멸의 권능도, 믿기 어렵게 과장된 전설도 오늘로 끝이겠구나."

흰 수염을 쓸어내린 엘더가 정단오를 바라보며 말했다.

그것이 마지막 말이었다.

정단오와 엘더들 사이에 교환할 것은 말이 아니라 서로를 죽이기 위한 능력이다.

선공은 정단오의 몫이었다.

그는 지하 벙커 바깥에서 경호 병력을 쓸어버린 능력을 재현했다.

인드라의 뇌전과 시바의 화염은 세상에 존재하는 가장 강력한 종류의 주술이다.

파지지직!

화아아아악-!

그의 양손에서 뿜어진 벼락과 불꽃이 엘더들을 향해 날아갔다.

하지만 이전처럼 뇌전과 화염이 모든 것을 불태우지 못했다.

고오오오-.

쏴아아아아아!

순식간에 솟아난 무형의 장막이 두 기운을 흡수했기 때문이다.

마치 허공에 블랙홀이 생겨나 뇌전과 화염을 빨아들인 것 같았다.

인드라의 뇌전, 시바의 화염. 인도에서 배운 최강의 주술이 엘더들 앞에선 무용지물이었다.

그러나 정단오는 당황하지 않았다.

과연 어디까지 능력이 통하는지 알아본 것뿐이다.

그는 손을 까닥여 엘더들을 도발했다.

곧이어 열 명의 엘더들이 앞으로 나서며 각자의 능력을 쏟아냈다.

쐐애액-.

부우우웅!

화살처럼 예리하고 날렵한 기운, 망치처럼 묵직하고 파괴적인 기운이 허공을 가득 채우고 날아왔다.

피할 구석은 어디에도 없다.

공간의 제약이 있는 지하 벙커이기에 더욱 그렇다.

정단오는 두 손을 들고 그 자리에 가만히 서있었다.

콰콰콰콰쾅!

엘더들의 기운이 정단오를 폭격했다.

짙은 연기가 일어났고, 지하 벙커의 바닥과 천장이 갈라졌다.

끝이 아니었다.

빠바바박!

땅이 양쪽으로 벌어지며 뾰족한 바위들이 칼날처럼 치솟아 정단오를 노렸다.

입이 떡 벌어질 정도의 어마어마한 공격이 불과 몇 초 사이에 쏟아진 것이다.

이걸 맨몸으로 받아낸 정단오가 무사할 리 없을 것 같았다.

하지만 먼지가 가라앉고 드러난 광경은 엘더들의 표정을 굳게 만들었다.

정단오의 올 블랙 정장의 소매 깃이 살짝 찢어져 있었다.

땅에서 솟아오른 날카로운 바위는 그의 구둣발에 짓밟혀 산산조각 나있었다.

그게 전부였다.

엘더라는 특별하고 지고한 존재 열 명의 합공은 그를 상하게 하지 못했다.

"이노오오옴—!"

이번에는 분개한 엘더들이 직접 몸을 날렸다.

이들 중에는 천하제일의 검객, 최고의 칼잡이, 박투로 아시아를 주름잡은 근접 공격의 대가들이 섞여 있다.

다섯 명의 엘더들이 사자후를 외치며 정단오에게 달려들었다.

평생 패배를 모르고 살아온 동아시아 최고의 능력자들이 다섯이나 지근거리에 붙었다.

기다란 검, 짧고 투박한 칼, 철문을 부수는 주먹까지 다양한 거리감의 무기가 정단오를 노렸다.

휘익— 휘이익—.

공기가 갈라지다 못해 찢어지는 소리가 울렸다.

다른 엘더들은 근접 박투를 예의주시하고 있었다.

혹시라도 동료들이 쓰러지면 곧바로 원거리 공격을 날려 지원할 생각이었다.

정단오는 아슬아슬하게 다섯 명의 공격을 피하며 반격을 섞었다.

산만하게 움직이지 않지만 한 번의 동작으로 반드시 한 명을 명중시켰다.

퍼억!

무섭게 칼을 휘두르던 엘더가 정단오의 주먹에 복부를 맞고 나가떨어졌다.

바닥에 고꾸라진 그는 다시 일어나지 못했다.

빠각—.

그 대신 다른 엘더의 주먹이 정단오의 어깨를 가격했다.

뿐만 아니었다.

기다란 장검이 블랙 수트를 베고, 정단오의 옆구리에 깊은 상처를 만들었다.

찢어진 정장 사이로 하얀 맨살과 붉은 상처가 엿보였다.

그러나 정단오는 고통을 느끼지 않는 듯 무표정한 얼굴로 연신 주먹을 휘둘렀다.

콰앙―.

빠가가각!

그의 어깨를 가격한 엘더는 주먹에 얼굴을 맞고 눈코입의 형태가 사라졌다.

검으로 옆구리에 피를 낸 엘더는 목이 부러져 절명했다.

남은 엘더는 둘.

정단오는 양손을 좌우로 뻗어 두 명의 얼굴을 움켜쥐었다. 그리고 손에 힘을 줘 엘더 둘의 얼굴을 음료수 캔처럼 구겨버렸다.

"우우욱!"

눈뜨고 보기 힘든 잔인한 광경이 아무렇지 않게 펼쳐졌다.

순식간에 다섯 명의 엘더를 저세상으로 보낸 정단오가 눈을 돌렸다.

더 놀라운 일은 따로 있었다.

옆구리에서 흐르던 피가 자연스레 멎었고, 갈라졌던 붉

은 속살이 스스로 달라붙으며 회복된 것이다.

이것이 바로 불멸의 권능이다.

목을 자르거나 심장을 꿰뚫지 않는 한 무엇으로도 정단오를 죽일 수 없다.

세월도, 늙음도, 크고 작은 부상도 그의 불멸을 깨트리지 못했다.

남은 엘더들은 여전한 수적 우위에도 불구하고 침을 꼴깍 삼켰다.

아시아 최강을 자랑하던 다섯 명의 근접 박투 능력자들이 처참하게 죽어나갔고, 겨우 입힌 상처가 곧장 회복되는 걸 봤기 때문이다.

엘더들은 뒤늦게 상대가 불멸의 주인, 이터널 마스터라는 걸 자각했다.

머리로는 알고 있던 사실을 몸으로 체감하는 순간 악몽이 시작된다.

남은 방법은 단 하나, 정말 죽기 살기로 남은 엘더들이 힘을 모아 정단오의 몸을 조각조각 내어 불멸의 권능을 깨트려야 한다.

말을 잃고 결연한 얼굴이 된 엘더들이 누가 먼저랄 것도 없이 기운을 극한으로 끌어올렸다.

세기의 싸움이 길어질 것 같지는 않았다.

정단오도 엘더들의 변화를 느낀 듯 묵묵히 오른손을 들었다.

지이이잉-.

그의 손끝에서 푸른 빛깔의 불투명한 형체가 솟아났다.

영혼을 가르고 모든 것을 소멸시키는 혼연의 검.

이제껏 최대한 약하게 조절했던 혼연의 검이 원래 모습 그대로 나타났다.

정단오는 짙은 푸름을 자랑하며 검의 형상을 갖춘 혼연의 검으로 엘더들을 가리켰다.

"모두 소멸되어라. 구시대의 유산들이여."

말을 마친 그가 몸을 날렸다.

혼연의 검을 든 그가 스무 명이 넘는 엘더들에게 뛰어들고 있었다.

슈우욱!

짙푸른 혼연의 검이 앞쪽에 서있던 엘더의 가슴팍을 찔렀다.

그것으로 끝이었다.

피가 나거나 살이 갈라지지 않았다.

대신 그의 영혼이 증발하듯 소멸했을 뿐이다.

가슴을 찔린 엘더는 초점을 잃은 눈으로 풀썩 쓰러졌다.

그가 이미 이 세상 사람이 아니라는 걸 굳이 설명할 필요는 없었다.

영혼까지 소멸시키는 혼연의 검은 스치기만 해도 엘더들을 저승으로 보낼 기세였다.

세계 어디에도 없는 전무후무한 위력의 능력이 발현된

것이다.

엘더들은 혼연의 검이라는 막강한 능력에 기겁하며 진형을 짰다.

지하 벙커라는 한정된 공간이 주어진 게 엘더들에겐 다행이었다.

힘을 모아 정단오라는 목표물에게 집중시키기 좋은 환경이기 때문이다.

콰콰콰콰쾅!

엘더들의 능력이 불을 뿜었다.

무형과 유형의 에너지가 폭발하며 지하 벙커가 무너질 듯 흔들렸다.

정단오는 자신을 향한 융단 폭격을 맨몸으로 막아내며 엘더들의 영혼을 소멸시켰다.

쐐액!

쉬이이익-.

혼연의 검이 한 번에 세 명의 엘더들을 스치고 지나갔다.

그 순간, 마치 과장된 연기를 하는 것처럼 엘더들의 몸이 허수아비처럼 무너졌다.

영혼을 잃고 껍데기만 남은 몸이 힘없이 쓰러지는 걸 막을 수 없었다.

혼연의 검은 영혼 약탈자라는 별칭으로도 불린다.

정단오가 400년이 넘는 세월에 걸쳐 완성시킨 최강이

자 최악의 능력이다.

그러한 혼연의 검이 같은 나라의 능력자들을 향한다는 게 슬픈 아이러니였다.

쑤욱!

또 한차례 엘더의 목젖을 관통하고 나온 혼연의 검은 기어코 모두의 영혼을 소멸시켜야 만족할 것 같았다.

피 한 방울 묻어있지 않지만, 그렇기에 더욱 공포스러웠다.

스치면 죽는다는 압박감이 엘더들을 짓눌렀다.

세상 무서울 것 없이 하늘 위에서 땅을 내려다보던 엘더들에게 정단오는 극한의 두려움을 선사하고 있었다.

"어서- 어서!"

이제 서있는 엘더들은 채 스무 명이 안 된다.

서로를 바라본 그들이 다급히 목소리를 높였다.

그에 맞춰 뒤쪽에서 기운을 모으던 엘더 두 명이 동시에 강렬한 능력을 발산했다.

허공에 이계와 연결되는 차원의 문이 열렸고, 그 틈으로 호랑이 크기의 소환수가 나왔다.

한 마리만 소환해도 장갑차와 기관총으로 무장한 특수군단을 통째로 박살낸다는 샐러맨더였다.

도마뱀과 호랑이가 뒤섞인 모양의 샐러맨더가 정단오를 보고 포효를 터트렸다.

콰아아악-.

샐러맨더의 이빨이 정단오의 왼팔을 물어뜯었다.

팔 근육과 신경이 투두둑 끊기는 것 같았고, 뼈가 으스러지다 못해 왼팔이 잘릴 것만 같았다.

샐러맨더를 소환해 틈을 번 엘더들은 때를 놓치지 않고 공격을 가했다.

고오오오오!

능력이 한 지점에 집중되며 주위의 공간이 뒤틀렸다.

한계점 이상의 에너지가 모이며 일종의 공간 왜곡 현상이 나타난 것이다.

그만큼 압도적인 에너지 덩어리가 정단오에게 날아갔다.

콰아앙-!

폭탄 여럿이 동시에 터진 것 같은 굉음이 지하 벙커를 때렸다.

뒤쪽에서 싸움의 여파를 막아내는 백영운이 입술을 꽉 깨물었다.

애를 쓰고 있지만 전투의 스케일이 너무 컸다.

그 여파로 대통령과 국방부장관, 주한미군 사령관은 벌써 반쯤 녹초가 돼 있었다.

백영운이 기운을 걸러내며 막았어도 여파가 워낙 강력했기 때문이다.

이만한 에너지를 집중적으로 맞은 정단오가 살아있을 것 같진 않았다.

백영운은 희망 어린 시선으로 전방을 주시했다.

이미 경계를 구분하기 힘들어진 지하 벙커 중심부에서 핵폭탄의 후유증 같은 버섯구름이 치솟았다.

"이, 이런 말도 안 되는-!"

백영운은 저도 모르게 소리를 질렀다.

가라앉은 버섯구름 너머에서 굳건히 서있는 실루엣이 보였기 때문이다.

악마의 소환수인 샐러맨더에게 왼팔을 물린 상태에서 엘더들의 집중 공격을 받았음에도 정단오는 그 자리에 우뚝 서있었다.

순간적으로 집중된 에너지는 수만 명의 군대 병력을 일시에 증발시킬 수 있을 만큼 강력했다.

그럼에도 불구하고 정단오 한 명을 쓰러트리지 못한 것이다.

"번거롭군."

정단오가 시니컬하게 말하며 구둣발을 들었다.

그는 힘을 잃고 축 늘어진 샐러맨더를 검은색 구두로 짓밟았다.

엘더들의 공격은 그들이 소환한 샐러맨더를 죽이는 데 그치고 말았다.

정작 쓰러트려야 할 정단오는 멀쩡했다.

물론 엄밀히 말하면 멀쩡한 것은 아니었다.

검은색 재킷은 걸레처럼 찢어졌고, 그 안의 셔츠 역시 너덜너덜해진 지 오래였다.

샐러맨더에게 물렸던 왼팔에선 하얀 뼈가 엿보일 정도였다.

탄탄한 근육질의 상체는 곳곳에서 붉은 피를 토해내고 있었다.

보통 사람이었으면, 아니 엄청나게 강한 능력자라해도 당장 전투 불능에 빠질 부상이었다.

그러나 심각한 부상도 정단오의 발목을 잡을 수는 없다.

검에 찔린 자상이 순식간에 회복됐던 것처럼 샐러맨더에게 물린 왼팔의 상처도 저절로 봉합되고 있었다.

스으으윽—.

눈으로 봐도 믿기 힘든 광경이었다.

벌어졌던 살이 물 흐르듯 자연스럽게 붙었고, 조금 전까지 뼈가 보였던 팔이라고는 상상할 수 없었다.

가닥가닥 끊어졌던 근육과 신경도 멀쩡하게 연결된 것 같았다.

정단오는 멀쩡해진 왼팔을 휘저으며 건재를 과시했다.

상반신을 자욱하게 뒤덮은 상처와 피도 어느새 감쪽같이 치유됐다.

백영운을 비롯해 엘더들은 아연실색할 수밖에 없었다.

겁에 질린 채 전투의 향방을 지켜보던 대통령마저 귀신을 본 얼굴이었다.

정단오는 새삼스러울 것도 없다는 듯 엘더들을 쳐다보며 입을 열었다.

"놀라운가? 나의 불멸을 끝내겠다고 자신들 하지 않았었나. 내 목을 자르거나 심장을 꿰뚫고, 몸을 산산조각 내는 것만이 불멸의 권능을 끝내는 유일한 방법이다. 멍청하게 서있지 말고 어서 와서 나의 불멸에 도전해라!"

그는 여전히 오만했고, 비웃음이 뚝뚝 묻어나오는 말투로 엘더들을 조롱했다.

하지만 누구도 쉽게 입을 열어 받아치지 못했다.

불멸의 주인, 이터널 마스터의 전설이 과장된 기록이 아니었다는 걸 모두 깨달았기 때문이다.

너무 뒤늦은 깨달음은 언제나 비극을 낳는 법이다.

정단오는 비극을 완성하기 위해 오른팔을 들었다.

그의 손끝에 일렁이고 있는 혼연의 검은 이전보다 더욱 푸른빛을 내고 있었다.

엘더들의 영혼을 소멸시키며 한층 강력해진 것 같았다.

"사람이 아니구나, 사람이."

"인세에 어찌 저런 괴물이……."

살아남은 엘더들의 비난이 정단오의 귀에 닿았다.

그는 혼연의 검을 든 채 조소를 날렸다.

"사람이 아닌 괴물이라 하고 싶은가? 너희가 괴물이라 말하는 내가 바로 이 조국을 지켰고, 원로회 한국지부의 창설에 힘을 보탰다. 그러나 너희는 조국을 지킨 독립군의 후손들을 죽였고, 사리사욕을 취하며 나라를 썩게 만들었다. 과연 누가 괴물이란 말인가!"

진심을 담아 분노를 터트린 정단오가 바닥을 박찼다.

그는 모여 있는 엘더들에게 난입해 망설임 없이 혼연의 검을 휘둘렀다.

한바탕 검무(劍舞)가 사신의 강림처럼 엘더들의 영혼을 약탈했다.

혼연의 검은 영혼 약탈자라는 별칭에 어울리게 스치는 족족 엘더들을 쓰러트렸다.

쇄아악-.

풀썩! 털썩!

유혈이 낭자하지 않기에 더욱 잔혹해 보였다.

영혼을 잃고 짚단처럼 쓰러진 엘더들의 시체가 지하 벙커의 분위기를 을씨년스럽게 만들었다.

강렬한 에너지의 폭발로 풍비박살이 난 지하 벙커는 더 이상 안전한 요새가 아니었다.

금방 무너져도 이상하지 않을 것 같았다.

어느덧 온전히 두 발로 서있는 엘더들의 숫자는 10명 정도밖에 되지 않았다.

서른 명 남짓하던 엘더들의 삼분의 이가 혼연의 검에 영혼을 잃은 것이다.

한국 능력자 세계의 삼분의 이가 무너진 것이나 다름없었다.

전 세계로 시선을 돌려도 엘더 칭호를 받은 능력자의 수는 그리 많지 않다.

한국에 서른 명의 엘더가 있는 건 이례적인 일이다.

정단오는 능력자 세계의 판도를 직접 뒤엎으며 역사를 써내려가고 있었다.

"카운트다운이 가능한 숫자로군."

정단오가 남은 엘더들을 보고 말했다.

이제 엘더들을 열 손가락으로 셀 수 있다.

모두 말도 안 되는 일이라 여겼지만, 단신으로 원로회 한국지부를 박살내는 건 기정사실이 됐다.

남은 엘더들도 그러한 사실을 직감한 것 같았다.

그들은 마지막으로 눈을 맞추고 남아있는 생명력을 끌어올렸다.

죽기 전에는 절대 건드려선 안 되는 진원지기까지 모조리 소모할 작정이었다.

그러지 않고서는 정단오의 불멸을 깨트릴 수 없다는 걸 느꼈기 때문이다.

사아아아아ㅡ.

이루 말할 수 없이 강력한 기운이 응축됐다.

엘더 10인의 생명력이 들어간 에너지 덩어리가 허공에 나타났다.

그 자체로 작은 핵폭탄이라 말해도 될 에너지 덩어리였다.

정단오도 표정을 고치고 혼연의 검을 내뻗었다.

파지지지직!

콰아아아아아아앙—.

콰콰콰콰쾅!

에너지 덩어리와 혼연의 검이 부딪쳤다.

피할 구석 없이 정면으로 충돌하며 엄청난 폭발을 만들어냈다.

위태롭던 지하 벙커가 그대로 무너질 듯 들썩였다.

뿜어진 섬광이 모두의 눈을 일시적으로나마 멀게 만들었다.

이 싸움의 종착역이 어디일지, 정단오가 말하는 혼돈이 진정으로 도래할지 곧 결판이 날 것 같았다.

「집행자 4권 계속……」

집행자

1판 1쇄 찍음 2015년 7월 07일
1판 1쇄 펴냄 2015년 7월 10일

지은이 | 묘　재
펴낸이 | 정　필
펴낸곳 | 도서출판 **뿔미디어**

편집장 | 이재권
기획 · 편집 | 안리라

출판등록 | 2002년 9월 11일 (제1081-1-132호)
주소 | 경기도 부천시 원미구 소향로 17번길(두성프라자) 303호 (우)420-864
전화 | 032)651-6513 / 팩스 032)651-6094
E-mail | bbulmedia@hanmail.net
홈페이지 | http://bbulmedia.com

값 8,000원

ISBN 979-11-315-6547-6 04810
ISBN 979-11-315-1988-2 04810 (세트)